베트남 작가 6인 소설선

그럴 수도 아닐 수도

하재홍·김주영 옮김

일러두기
1. 본문 각주는 원문에는 없던 것으로 모두 옮긴이의 주이다.
2. 인명과 지명은 현지 발음에 최대한 가깝게 표기하였다.

서로에게 이야기 들려주기, 그리고 사랑하기

하재홍(한베문학평화연대 간사)

 사람들이 역사의 교훈을 존중한다면, 서로에게 다가갈 수 있는 모든 방법을 찾아야 해. 손에 총을 들 것이 아니라 책을 들고 옛날이야기를 서로 나눠야지. 자신들의 나라와 민족에 대해 상대에게 알려주어야 해. 이야기를 많이 나누다 보면 서로를 이해할 수 있고, 양해도 구할 수 있고, 도움도 줄 수 있는 거지. 심지어 서로 사랑도 할 수 있을 거야.

 『그대 아직 살아 있다면』의 작가, 반레가 작품에서 한 말입니다.
 『베트남 단편소설선 01』은 반레와 같은 마음으로 만들었습니다.

코로나 사태 직전인 2019년, 베트남을 방문한 한국인 관광객 수는 월 평균 36만 명이었습니다. 2박 3일, 3박 4일 베트남 패키지여행을 다녀온 이들 중에는 마치 베트남에 대해 모든 걸 다 안다는 듯이 말하는 이도 있습니다. 하지만 관광지에서 접할 수 있는 것은 풍경, 상점, 상인, 식당, 음식, 식당종업원, 운전기사, 관광가이드가 전부입니다. 그것도 주요한 대화상대는 관광가이드. 그 관광가이드가 재미로 던진 한 마디가 일파만파가 되어 마치 정설처럼 반복 재생산되는 일화도 있습니다. 호치민 주석이 목민심서를 항상 들고 다니면서 읽었다. 베트남 사람의 입장에서 어이없는 말입니다. 목민심서는 단행본이 아니라 48권 16책으로 구성되어 있습니다. 오늘날 기준으로 16권입니다. 때문에 호치민 주석이 항상 들고 다녔다는 이야기는 애초부터 성립이 안 되는 말입니다. 조선의 어떤 독립운동가가 출정과 피신 와중에 48권 16책을 힘들게 들고 다니다가 러시아나 중국에서 호치민 주석에게 선물로 주었다는 것도 이해하기 어렵습니다.

한국의 연인들은 싸울 때 컵의 물을 얼굴에 뿌린다. 한국 여성들은 고등학생이 되면 모두 성형수술을 한다. 한국 드라마를 즐겨보는 베트남 사람들이 하는 말입니다. 한국 사람의 입장에선 황당한 말입니다.

베트남은 한국의 세 번째 수출 대상국이자 다섯 번째 수입 대상국. 한국과 베트남에는 교민이 각각 이십만 명씩 거주. 한베 양국의 관계지표는 그렇게 밀접하지만, 여전히 한국 사람들이 생각하는 베트남과 베트남 사람들, 베트남 사람들이 생각하는 한국과 한국 사람들의 모습은 실제와 차이가 있습니다. 베트콩, 미제국주의 용병, 공산주의, 자본주의, 느긋느긋, 빨리빨리, 무사안일, 다혈질, 팔려가는 베트남 신부, 사가는 한국 신랑. 각종 이미지가 서로의 시야를 색안경처럼 가리고 있어 눈앞에 있는 상대의 본모습이나 진의를 제대로 보지 못하는 게 다반사입니다.

문학이 사회의 변화 발전에 기여하는 측면은 굉장히 미약하다. 하지만 작가의 의무는 사회적 재난을 예보하며 사람들을 각성시키는 것이다. 나는 그 의무감으로 글을 쓴다. 『그 옛날 마을에서 가장 예뻤던 그녀』의 작가 따 쥬이 아인이 한 말입니다. 베트남 작품을 읽어보면, 베트남이 전쟁을 어떻게 치뤘고, 어떤 후유증을 겪고 있는지 알 수 있습니다. 월남참전용사들이 전해준 무용담이 다가 아니었고, 미국 영화가 보여준게 다가 아니었습니다. 올리버 스톤 감독의 영화 『7월 4일생』에서 가장 놀라운 건 끔찍한 전투장면이 아니라 어마어마한 규모의 대형마트입니다. 1960년대, 프랑스와 전쟁이 끝난지 얼마 되지 않아 변변한 가게조차 없는 베트남을 상대로 미국이 얻고자 한 것은 과연 무엇이었을까요.

『전쟁의 슬픔』의 작가 바오 닌은 말합니다. 무서웠다. 하지만 무서움보다 더 컸던 건 미국에 대한 분노였다. 그래서 자원입대 했다. 그런 바오 닌이 전쟁이 끝나고 10년 후, 또 한번 분노를 느 낍니다. 사실에 근거하지 않고, 도식화된 사회주의 문학이론에 따라 생산된 작품들이 문단의 칭송을 받고, 교과서에 실렸다. 그 건 문학이 아니라 선전물에 불과했다. 그래서 너무 화가 나『전 쟁의 슬픔』을 썼다.

미국은 베트남 전쟁을 이데올로기 전쟁인 것처럼 포장했지만, 바오 닌을 비롯하여 베트남 사람들에게 이데올로기는 전쟁 때도 전쟁 이후에도 전혀 가치판단의 기준이 아니었습니다. 오늘날 정 규교육과정에서도 공산주의 사상은 학생들에게 그저 따분하고 고리타분한 윤리교과서 정도로 여겨질 뿐입니다.

베트남 술자리에는 한국식 주도(酒道)가 없습니다. 첫 잔을 제외 하곤 자작이 기본이며, 첨잔을 하건, 오른손으로 따르건, 왼손으 로 따르건, 한 손으로 받건, 두 손으로 받건, 관심사가 아닙니다. 보통 음료를 마시는 방법과 별 차이가 없기 때문입니다. 대부분 의 한국인은 그런 풍경에 신선한 문화충격을 받지만, 어떤 분은 이렇게 말하기도 합니다. 베트남 사람들 참 예의를 모르는 사람 들이네.

나는 언제나 나의 마지막 한계에 도전한다. 온몸의 힘이 다 빠져나가 더 이상 펜을 잡을 수 없을 때까지 글을 쓴다. 문학의 가치는 지나간 시간을 되돌려보고, 다가올 시간을 가늠해 보는데 있다. 젊은 시절 나는 목숨 걸고 글을 썼다. 지금은 침착하게 감정을 절제하며 균형을 잡고 글을 쓴다. 『니에우 남매, 이쪽 꾸인 저쪽 꾸인, 그리고 삼색 고양이』의 작가 응웬 빈 프엉이 한 말입니다. 외국 작가들이 베트남을 방문할 때면 항상 바오 닌을 찾습니다. 그러면 바오 닌은 말합니다. 앞으로 나를 찾지 말고, 응웬 빈 프엉을 찾으시라. 그가 우리 베트남 문단을 이끌 것이다.

이 책에 실린 단편 『니에우 남매, 이쪽 꾸인 저쪽 꾸인, 그리고 삼색 고양이』와 『가다』는 그의 등단 초기 작품입니다. 지금은 더 이상 단편은 쓰지 않고, 장편과 시를 쓰고 있습니다. 그의 작품은 내용이나 형식, 문장에 아무런 속박이 없습니다. 그럼에도 중심이 흐트러지지 않고 아슬아슬하면서도 능수능란하게 문장과 문장, 장면과 장면을 엮어갑니다. 대표작 『나 그리고 그들』이 2021년에 한국에 출간될 예정입니다.

나는 고상한 작가가 아니라 길가의 잡초같은 작가다. 남들이 생각하지 않은 얘기들, 감히 꺼내지 못한 얘기들을 온몸으로 쓴다. 때문에 내 글은 수십 년이 지나도 잡초처럼 언제 어디서나 살아남아있다. 나는 언제나 글을 통해 이 땅의 여성들에게 메시지를 전한다. 이 땅의 여성들이여, 행복을 누리시라. 아름다움을 추구하시라. 『그럴 수도 아닐 수도』의 작가 이 반이 한 말입니다. 이 반은 작품에서도 현실에서도 아무런 제한이 없습니다. 여성, 종교, 전통 관습 등 잘못된 구습과 세계관을 타파하고자 금기의 영역을 가뿐하게 넘나듭니다. 때문에 출간하는 작품마다 화제에 오르며, 때로 출간 금지 조치를 당하기도 합니다. 하지만 항상 밝고 씩씩합니다. 행사에서 사회를 보라고 하면 사회를 보고, 노래를 하라고 하면 노래를 하고, 춤을 추라고 하면 춤을 출 정도로 만능 예술인의 면모를 보입니다. 화가급 그림 실력도 갖추고 있습니다.

여성들이여, 사랑하라. 행복의 길을 가라. 여성으로서 자부심을 가져라. 『숲을 가로질러 날아가는 납부리새들』의 작가, 보 티 쑤언 하가 한 말입니다. 이 반과 더불어 베트남 문단에서 여성의 목소리를 강하게 내는 작가입니다. 단편을 주로 쓰며, 내밀한 심리 묘사, 변화무雙한 구성력으로 주목받고 있습니다.

불확실한 세상, 나쁜 것, 악한 것에 맞서 아름다운 것, 선한 것을 지키기 위해 싸우는 게 작가다. 문학은 결국 인간의 숙명과 만난다. 가려져 있는 숙명을 모두가 볼 수 있게 밖으로 드러내야한다. 『이승의 길』의 작가 투이 즈엉이 한 말입니다. 작품엔 언제나 사회적 약자의 고통과 갈망이 담겨있습니다. 선하고 따뜻한 마음, 관용적 태도를 차분한 어조로 문장에 풀어낸다고 정평이 나 있습니다.

베트남은 한국과 유사한 점이 많습니다. 유교적 정서가 비슷하고, 식민지와 분단, 전쟁을 거친 역사적 경험도 비슷하고, 음식도 일본이나 중국보다 더 잘 맞습니다.

하지만 분명하게 다른 점이 있어 서로를 당혹스럽게 할 때가 있습니다. 베트남의 친구 관계는 나이 구분이 없습니다. 친하면 모두가 다 친구입니다. 노래방에서 노래를 부를 때면 누가 교수이고 누가 학생인지 전혀 구분되지 않습니다. 술자리에서도 누가 윗사람이고 아랫사람인지 구분되지 않습니다. 직장에서도 일상적 호칭은 형, 누나, 동생입니다. 직책을 호칭으로 사용하는 경우는 격식이 필요한 회의장에서 뿐입니다.

그리고 베트남 사람들은 전쟁의 승자였기에 프랑스, 일본, 미국에 대한 적대감이 거의 남아 있지 않습니다. 베트남 전쟁 당시 미국을 따라서 들어갔던 한국에 대해서도 한국군 주둔지역의 직접적인 피해자 가족을 제외하곤 적대감을 갖고 있지 않습니다.

시기에 맞춰 파종을 하고 추수를 해도 해마다 보릿고개를 겪었던 한국은 빨리빨리 문화가 있고, 반면 1년 2모작이나 3모작, 아무때나 파종이 가능했던 베트남은 쌀 외에도 바나나, 파인애플, 야자, 파파야, 그리고 각종 구황작물이 땅속에 자라고 있어 느긋한 문화가 있습니다.

패키지여행에서 몇 발자국만 벗어나면 다른 세상이 펼쳐집니다. 하지만 두려움 혹은 일행들에게 민폐가 될까봐 다른 세상에 대한 호기심을 포기하고는 합니다.

이 책은 몇 발자국 넘어 베트남을 보여줍니다.

옮긴이의 말

서로를 알아가는 퍼즐 맞추기

김주영(베트남문학 박사)

하면 할수록 번역은 만만하지 않다는 걸 이번에도 실감합니다. 정답이 없는 문제지를 받아들고서 번역자인 내가 할 수 있는 최선의 선택이 무엇인지 끊임없이 고민하게 됩니다. 정답이 없으니 어떻게 해도 아쉬움이 남을 수밖에 없습니다. 다행히 서로 다른 두 언어의 간극은 메워질 수 없음을 인정한 어느 해석학자의 '합치 없는 등가'라는 개념이 있어 홀로 아쉬워하는 번역자의 마음을 위로해 줍니다. 순간순간 번역자를 고민하게 만드는 그것들이 지닌 차이는 어쩌면 종이 한 장의 무게보다 가벼울지 모릅니다. 하지만 그 차이들이 켜켜이 쌓여 하나의 작품을 이루고 한 권의 무거운 책이 되는 것임을 번역자는 물론 독자들 또한 너무나도 잘 알고 있습니다.

베트남 소설선 『그럴 수도 아닐 수도』 역시 수많은 고민과 선택들이 씨줄과 날줄처럼 얽혀 탄생한 결과물입니다. 원작을 읽고 이해하고 한국어 어휘와 표현을 골라 다시 쓰고, 또 말끔하게 다듬는 과정을 거치면서 끊임없이 고민하고 선택해야 했습니다. 소설집의 표제로 쓰인 작가 이 반의 『그럴 수도 아닐 수도(Có thể có và có thể không)』는 제목부터 '선택'의 고민에 빠져들게 했습니다. 베트남어의 가능형(có thể)과 긍정(có), 부정(không)을 나타내는 어휘들로 구성된 소설의 제목은 이해하는 방식도, 번역하는 방식도 다양해서 말 그대로 '열린 제목'이라고 할 수 있습니다. 긍정과 부정을 나타내는 어휘를 각각 한국어 형용사 '있다', '없다'라는 의미로 보고 "있을 수도 (있고) 없을 수도 (있다)"로 번역하거나, 생략된 앞 문장의 내용에 대한 긍정과 부정의 대답이라고 보고 "맞을 수도 틀릴 수도"라고 할 수도 있고, 생략된 앞부분의 내용을 그대로 반복해서 "○○ 수도 XX 수도"라고 번역하는 등 어떠한 경우도 가능했습니다.

이렇듯 이 소설의 제목은 어휘와 문법 차원에서는 온전한 번역이 어려웠는데, 소설 본문을 모두 번역한 후에도 선뜻 적합한 번역 방식이 떠오르지 않아 고민을 거듭해야 했습니다. 소설 속 주인공이 계속되는 선택에 맞닥뜨리고, 그 과정에서 다른 이의 선택과 그에 따른 결과에 대해서도 생각하게 되면서 여러 유형의 "○○ 수도 XX 수도"가 등장하기 때문이었을 것입니다. 결국 '최선'의 선택은 여러 유형의 '선택'들을 포괄하는 의미를 담은 번역이라 생각하여 고른 표현이 바로 『그럴 수도 아닐 수도』였습니다. 삶을 살아가는 이들의 선택과 그것이 가져올 예측 불가의 결과를 표현한 이 제목이 다시 보니 번역하는 이의 작업과 번역 과정에서 그가 느낄 심정까지도 너무나 잘 대변해 주고 있는 것 같아 보이기도 했습니다. 하지만 소설 속 주인공이 결국 하나의 선택을 하고 그것에 만족하며 안주하듯이 번역가도 마지막에는 자신의 선택과 그 결과에 만족해야 할 것입니다. 그리고 때로는 그 결과에 책임도 져야 할 것이고요.

번역자가 선택에 만족하고 그에 따른 책임을 감당하기 위해서는 출발텍스트에 대한 '최선'의 이해가 뒷받침되어야 합니다. '정확'한 이해가 아니라 '최선'의 이해입니다. 읽는 이에 따라 달라질 수 있는 문학 작품의 의미를 번역자라고 해서 전부 이해할 수 있는 것은 아니겠지요. 번역자도 우선은 독자 중 한 사람이니까요. 다만 조금은 특별한 독자인 만큼 번역자는 나의 이해와 더불어 다른 이의 이해 방식에도 관심을 가져야 합니다. 소설들을 번역하는 내내 이 '이해'의 문제를 해결하기 위해 수시로 원어민들과 작품에 대해 이야기를 나누는 시간을 가졌습니다. 언어 문제는 물론 문화와 역사, 풍속의 영역까지 '나의 이해'를 녹여 넣은 후 '타인의 이해'를 추가하여 '최선'의 이해를 도모할 수 있었던 소중한 시간이었습니다.

단편이든 장편이든 베트남 소설을 번역할 때면 늘 부딪히는 문제들이 있습니다. 물론 이번 소설집 번역도 예외는 아니었습니다. 시제 표현과 주어 삽입 문제를 대표적인 예로 들 수 있을 것 같습니다. 과거 시제를 현재 시제처럼 표현하는 경우가 많은 베트남어 문장을 그대로 직역하다 보면 한국어 글이 어색해 질 때가 많습니다. 베트남어는 주어를 생략하는 경우가 거의 없는데, 주어를 쓰지 않는 경우가 많은 한국어로 옮기게 되면 마찬가지로 어색해 지기 십상이고요. 문화 요소와 관련해서, 베트남 문학 작품을 번역하다보면 특히 행정구역 명칭과 군대 관련 용어들을 자주 접하게 됩니다. 전국이 63개의 성, 시와 복잡한 하위 행정 단위들로 이루어져 있는 베트남의 행정 체계와, 오랜 세월이 흘렀음에도 여전히 사람들의 삶에 영향을 주고 있는 전쟁의 상흔이 문학 작품에 반영되었기 때문일 것입니다. 이런 어휘들은 베트남어와 한국어의 교차 검토를 통해 적합한 번역 어휘를 찾아야 하므로 번역 그 자체가 어렵다기 보다는 품을 많이 들이게 되는 경우라고 보는 것이 맞을 것 같습니다. 그런데 문화 요소 중에는 단순히 시간과 노력을 들이는 것만으로는 해결되지 않는 문제들이 있습니다. 예를 들면, 작가 따 쥬이 아인의 『그 옛날 마을에서 가장 예뻤던 그녀』에 등장하는 '밥 짓기 대회' 장면이 그러합니다. 어찌 보면 조금은 뜬금없이 '밥 짓기 대회' 장면을 상세히 묘사하는 내용이 등장하는데, 문화적으로 다소 생소하기도 하고 소설의

맥락상으로도 불쑥 튀어나온 이 장면을 외국인인 번역자가 자신의 모국어로 옮기기 전에 머릿속에 스케치를 해 보는 일은 그리 쉽지 않습니다. 특정 용어나 명칭을 번역할 때처럼 단순히 품을 많이 들인다고 해서 해결할 수 있는 문제도 아니고요. 그래서 번역은 어렵다고 하나봅니다. 낯선 것들을 이해하고 그것을 옮기기 위해 적절한 어휘와 표현을 찾아가는 과정이 마치 조각난 퍼즐을 끼워 맞추는 게임처럼 흥미롭지만 한편으로는 외롭고 고난하기도 한 일이 바로 '번역'인 것 같습니다.

이제 번역자의 손을 떠난 작품은 독자들의 손으로 갑니다. 이번에는 독자들이 "OO 수도 XX 수도"의 빈칸을 채워야 할 차례가 되었네요. 번역자가 미처 찾지 못한 이해와 소통의 가능성이 독자들의 마음 속에서 발견되기를 진심으로 기대해 봅니다.

차례

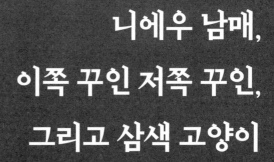

니에우 남매,
이쪽 꾸인 저쪽 꾸인,
그리고 삼색 고양이

응웬 빈 프엉(Nguyễn Bình Phương)

응웬 빈 프엉 Nguyễn Bình Phương | 소설가, 시인

1965년 타이 응웬에서 태어났다. 현재 베트남 작가회 부주석, 『군대문예』 잡지 편집장을 맡고 있다. 1990년대부터 작품활동을 시작했다. 출간한 작품은 아래와 같다. 『젠장』(소설 1990), 『독기』(시, 1993), 『늙어죽은 어린이들』(소설, 1994), 『몸에서 멀리』(시, 1997), 『부재자』(소설, 1999), 『쇠퇴한 기억』(소설, 2000), 『죽어서 푸른 하늘로』(시, 2001), 『시작하자마자』(소설, 2004), 『무심한 낚시』(시,2011), 『나 그리고 그들』(소설, 2014), 『얘기를 마치고 떠나다』(소설, 2017) 시집 『무심한 낚시』로 2012년 하노이작가협회 최고작품상, 소설 『나 그리고 그들』로 2015년 하노이 작가협회 최고작품상을 수상했다. 『나 그리고 그들』은 2021년 한국에서 번역출간될 예정이다.

신문에 4월 9일 타이응웬 성¹ 다이뜨 현² 지역의 한 초혼제에서 두 명이 급사했다는 소식이 실렸다. 둘 중 하나는 집주인이자 무당이었고, 다른 하나는 망자의 혼을 부르려고 찾아간 편탄 방³에서 온 손님이었다. 범인을 알 수 없었기 때문에, 죽음에 이르게 된 원인 역시 분명하게 밝혀지지 않았다. 그래서 이 사건은 자전거 도둑, 공유지 침범, 이웃 간의 실랑이 정도의 다른 자질구레한 사건과 함께 간단하게 취급되었다.

　사건의 전체 개요는 다음과 같다.

　급사한 꾸인에게는 뚜언이라는 이름의 애인이 있었는데 그가

1　한국의 '도'에 해당하는 행정 단위. 면적은 대략 한국 '도'의 절반 정도다. 행정체제는 성-현-사-촌(북부, 중부) 또는 성-현-사-읍(남부)으로 구성되어 있다. 행정관청은 '사' 단위까지 설치되어 있다. 베트남의 행정구역은 5개 직할시(하노이, 호치민, 다낭, 하이퐁, 껀터)와 58개 성으로 구성되어 있다. 이하 모두 번역자 주이다.

2　한국의 '군'에 해당하는 행정 단위.

3　한국의 '동'에 해당하는 행정 단위. 도시의 행정체제는 시-군-방으로 구성되어 있다.

오토바이 사고로 죽자, 일주일 이상 몸져누워 있었고, 그 누구하고도 접촉하거나 말을 주고받지 않았다. 죽 그릇을 들고 허기를 조금 채운 그날, 4월 9일. 꾸인은 벌떡 일어나더니 혼자서 급하게 오토바이를 몰고 애인의 혼을 부르고자 다이 뜨에 갔다. 무당집은 산기슭 깊숙한 곳에 있어, 산 아래에 오토바이를 맡겨놓고 1Km 이상 더 걸어가서야 닿을 수 있었다. 꾸인이 무당집에 도착했을 때 문 앞에 세 명이 대기하고 있었다. 남자 하나, 여자 둘. 여자 하나는 아주 삐쩍 말랐는데, 서른 중반에서 마흔 정도로 보였다.

아침 9시였지만 무당이 아직 일어나지 않아, 문은 여전히 고요히 잠겨있었다. 단지 삼색 고양이만이 마당을 여기저기 어슬렁거리고 있었다.

꾸인을 보자, 두 여자 중 하나가 물었다. 아가씨 혼자 왔어요? 꾸인은 고개를 끄덕이며 의자가 될 만한 통나무를 조용히 집어서 엉덩이 밑에 놓고 앉았다. 삼색 고양이가 꾸인에게 다가오더니 바짓가랑이를 앞발로 할퀴었다. 맑은 고양이 울음소리가 수정 구슬을 두드리는 소리처럼 울려 퍼졌다. 꾸인이 자신에게 질문한 여자를 바라보았다. 여자는 왼쪽 이마에서부터 오른쪽 눈썹까지 대각선으로 흉터가 나 있었다. 흉터는 반원형에 오목 패어있고, 매끄러웠다. 아가씨는 친부모를 부르려고? 흉터 있는 여자가 다시 물었다. 꾸인이 답했다. 제 친구를 부를 거예요. 언니는 누구를 부르시나요? 흉터 있는 여자가 답했다. 동생을 부르지. 꾸인이 물었다. 동생을 잃은 지 얼마나 되었어요? 흉터 있는 여자가 두 손을 마주 잡고 꽉 비틀며 마음속의 어떤 감정을 억눌렀다. 내가 랑선으로 물건을 배달하러 갈 때 잃게 되었지. 꾸인이 작게 물었다. 아픔에 공감하는 목소리였다. 몇 살이나 됐었나요? 정확히 열 살이었지. 여자의 목소리가 일그러지더니, 금세 눈가에 눈물이 그렁그렁 맺혔다. 녀석은 태어날 때부터 불구였어. 흉터 있는 여자가 말을 빠르게 끝맺더니 갑자기 일어나 우물가로 갔다. 물한 바가지를 퍼 세수를 했다. 처음부터 조용히 말없이 앉아있던 마른 여자가 인상을 찡그리며 무슨 대화를 나누는지 귀를 기울이고 있었다. 옆에 있던 남자가 꾸짖었다. 신경 꺼.

9시 반이 되자 문이 열렸다. 장미 빛깔의 얇은 옷을 입은 땅딸막한 꼬맹이가 나와서 건성으로 짤막하게 말했다. 들어오세요. 먼저 온 사람은 먼저 들어오고, 나중에 온 사람은 나중에 들어오세요. 시끄럽게 하지 말구요. 여자 셋이 서로의 얼굴을 바라보다 마른 여자가 결연한 자세로 먼저 들어가고, 나머지 두명이 살금살금 뒤를 따랐다. 꾸인이 맨 마지막이었다.

무당은 두 뼘 높이의 침상에 앉아있었다. 삐쩍 마른 몸, 메마르고 시들한 피부에, 광택이 나는 덜 익은 바나나색 나일론 옷을 입고 있었다. 짙은 회색빛 얼굴을 한 무당은 동작도 굼떴다. 구장잎[4] 진액이 짙게 물든 입술이었지만 그래도 눈빛만큼은 유리처럼 예리해 보였다. 흉터 있는 여자가 혼을 부를 망자의 이름과 생년월일을 말한 다음, 노란 소쿠리에 20만동[5]짜리 지폐를 올려놓았다. 꾸인은 흉터 있는 여자가 방금 보인 분명한 행동 때문에 깜짝 놀랐다. 꾸인이 당장 걱정하는 것은 조금 뒤 자기 차례가 되었을 때 돈을 어디에 올려놓아야 하는지였다. 다른 무당들은 보통 손님들이 돈을 놓을 수 있도록 접시를 놔둔다. 꼬맹이가 향을 한 움큼 집어 들더니 불을 붙였다. 그리고는 무심한 표정으로 무당 옆에 대기했다. 무당이 중얼거리면서 혼을 불렀다. 무당은 묵념을 올리면서 꼬맹이 쪽으로 손을 뻗어 연기가 활활 피어오르는 향을 넘겨받았다. 향불을 머리 위로 동그랗게 원을 그리면서 휘두르고 허리 위로 꿈틀꿈틀 뱀처럼 흔들었다. 무당의 얼굴은 헬쑥했다. 그러더니 벌게지고 멍든 보랏빛으로 변했다. 이마, 콧방울, 귓불에 송글송글 땀이 맺혔다. 모든 사람들이 무당의 동작을 보며 숨을 죽였다. 집안 공기는 갑자기 소름이 돋는 신비감에 젖었다. 벽 쪽에 있던 남자는 갑자기 두 손을 배에 올려놓고, 비쩍 마른 여자는 언제부터인가 남자의 뒤쪽으로 몸을 숨기고 있었다.

---

4 씹는 담배의 원료. 빈랑 열매와 함께 씹는다. 담배를 씹고 나면 이와 잇몸, 혓바닥과 입술이 붉게 물든다. 담배를 씹어서 뱉는 것은 베트남 전통 풍습 중 하나인데, 도시에는 거의 사라졌지만 아직 농촌에는 많이 남아있다.

5 한국 돈으로 대략 1만원 정도 되는 금액이다. 노동자 평균 수입은 5백만동(25만원) 정도 된다.

오직 꾸인과 흉터 있는 여자만 가만히 앉아서, 눈을 크게 뜨고 혼이 들어오는 모습을 집중해서 바라보고 있었다.

　무언가가 방금 온 듯한데, 서늘하고 공포스러운 그것이 무당의 몸속으로 들어갈 방법을 찾고 있었다. 꼬맹이가 붉은 공단천을 갑자기 무당의 머리에 뒤집어씌웠다. 그 붉은 천 안에서 무당의 몸이 갑자기 격렬하게 뒤틀렸다. 천이 벗겨졌을 때 누구라도 놀라지 않을 수 없었다. 무당의 찡그린 얼굴은, 만두가 물에 분 것처럼 부어있었다. 눈은 사팔뜨기에, 두꺼운 입술도 일그러진 채, 누렇고 작은 송곳니가 입의 왼쪽 구석으로 밀려 나와 있었다. 높은 목소리로 말했다. 나 돌아왔어. 나 돌아왔어. 누가 날 불렀어? 째지는 목소리에 머리가 쭈뼛거렸다. 꾸인은 온몸에 소름이 돋고, 갑자기 심장이 멈추는 듯했다. 니에우, 니에우 맞지? 니에우가 나 부른 것 맞지? 아이고, 애야. 왜 너는 누나를 기다리지 않고 그렇게 가버린 거야. 누나를 봤었어야지. 이마에 흉터가 있는 여자가 큰 소리로 울었다. 그녀의 머리가 미친 노파처럼 확 풀어헤쳐졌다. 그때 꼬맹이가 남자의 등을 발로 찼다. 저 아줌마 좀 붙들어요. 남자가 갑자기 흉터 있는 여자를 꽉 붙들었다. 그녀가 무당에게 다가갈 수 없도록 만들었다. 혼이 말했다. 강압적이고 거만한 목소리였다. 무례하군, 나를 애라고 부르면 안 되지. 자네라고 불러. 니에우. 내가 니에우에게 알려줄 게 있어. 니에우가 멀리 일 나갈 때마다, 두 놈이 날 끔찍하게 괴롭혔어. 놈들은 나한테 집안 청소를 시키고, 개한테 밥을 주게 하고, 돼지가 먹을 쌀 겨를 반죽하게 했어. 그러면서도 나한테는 먹을 걸 전혀 주지 않았어. 나는 그놈들을 증오해, 나는 놈들이 고개를 하늘 향해 들지 못하게 할 거야. 오늘은 니에우가 나랑 옛날처럼 같이 놀아줘야 해. 흉터 있는 여자가 입으로 흐흐 신음을 냈다. 몸을 남자에게 기댄 채 두 손이 아래쪽으로 힘없이 흔들거렸다. 무당이 몸을 흔들흔들, 이리저리 움직이더니 얼굴을 마른 여자 쪽으로 돌렸다. 입가 왼쪽을 조금 움직여 송곳니가 드러나도록 했다. 아주 흉측하게 보였다. 마른 여자는 꾸인의 등 뒤에서 몸을 웅크렸다. 무당이 고개를 돌려 남자를 바라보자 남자는 두 손으로 얼굴을 가렸다. 꼬맹이가 얼굴에 흉터 있는 여자의 귀에 대고 재촉했다. 물어볼 거 있어? 얼굴에 흉터 있는 여자가 갑자기 정신을 차리고 빠르게 물었다. 내가 가져다줄 테니 필요한 거 있으면 말해봐. 부푼 얼굴은 흔들거리고, 흐리멍덩한 표정이었다. 떨리는 목소리로 말했다. 말 한 마리, 옷 한 벌 좀 줘. 놀러 다닐 거야. 그냥 한곳에서 계속 뱅뱅 돌고 있으면 지겹거든. 얼굴에 흉터 있는 여자가 물었다. 돈은 필요 없어? 꼬맹이가 구시렁댔다. 그것도 모르다니 멍청하군. 아니, 돈이 있어야 놀러 다닐 거 아냐. 혼이 말했다. 돈은 줘도 그만 안 줘도 그만이야. 니에우가 가지고 있는 것과 똑같은 모양의 거울 하나만 줘. 그런데 조금 더 큰 걸로 부탁해. 꼭 기억해야 해. 그리고 내가 그놈들의 눈을 가려 버릴 거야. 누나한테

세 들어 사는 그놈들 말이야. 무당의 얼굴이 점점 수축되더니, 눈동자도 점점 원래의 자리로 돌아왔다. 꾸인은 무당 입술이 물줄기가 끊어지듯 서서히 오그라드는 것을 분명히 보았다. 엄마를 만난 적 있니? 얼굴에 흉터 있는 여자가 물었다. 목소리가 불분명했다. 무당이 천천히 몸을 흔들면서, 대답 대신 모호하게 고개를 흔들었는데 마치 올빼미 같은 고갯짓이었다. 숨을 쏟아낸 후, 무당은 몸을 떨면서 주변을 살펴보았다. 그 찰나에 꾸인은 여자가 사랑스러우면서도 인자한 표정을 하고 있는 것을 보았다. 무당의 온몸이 흐물거리면서 축 처지고 줄어들었다. 무당은 지친 얼굴이었다. 얼굴에 흉터 있는 여자에게 턱을 쑥 내밀며 말했다. 혼이 남긴 말을 다 기억하지? 여자가 고개를 끄덕였다. 무당이 충격을 받은 듯 어깨를 떨었다. 이 혼은 무거우면서도 까다로웠어. 오장육부를 다 흔들어놓았어. 정말 죽을 뻔했어. 마른 여자는 이제야 비로소 얼굴을 내밀고, 무언가 물어보려고 하는데, 무당이 노려보았다. 눈이 맑아졌어? 녀석이 살아있을 때 빚진 거 내가 다 갚아줬어. 남자는 목이 따갑게 숨을 내쉬면서, 담배를 꺼내 불을 붙이려고 했다. 꼬맹이가 말했다. 금연이야. 여자가 목이 메었다. 얼굴에 흉터 있는 여자가 비틀거리며 일어서서 밖으로 나가버렸다.

누굴 부를 거야? 무당이 물었다. 꾸인이 버벅거리며 고개를 흔들었다. 이런 재밌군. 부르지 않으려면 여기엔 뭣 하러 온 거야.

무당이 소리를 질렀지만 화가 났다기보다는 반가운 듯한 표정이었다. 꾸인이 빠르게 말했다. 괜찮아요. 나중에 할게요. 꼬맹이가 구시렁거렸다. 미쳤군.

꾸인은 마당으로 도망치듯 뛰쳐나와 흉터 있는 여자 옆에 엎드리듯 쓰러졌다. 공기는 아주 청량했다. 삼색 고양이가 가까이 다가오더니 꾸인의 바지에 귀를 비비며 편안하게 야옹야옹 거렸다.

얼굴에 흉터 있는 여자가 고개를 돌리며 꾸인에게 물었다. 아니 이렇게 멀리 고생스럽게 와서 혼을 왜 안 불러요? 꾸인이 입술을 깨물며 집 뒤의 산 정상을 바라보며 답했다. 무서워서요. 얼굴에 흉터 있는 여자가 말했다. 그래요, 나도 무서웠어요. 흉터 있는 여자의 짙고 검은 두 눈이 갑자기 먼 곳을 보는 듯했다. 그리고 잠시 후 말을 이었다. 그렇지만 여기에 왔으면 들어가서 혼을 불렀어야죠. 근심거리를 덜려면. 어찌 알아요, 일이 잘 끝나면… 애매하게 말을 풀어놓는 여자의 얼굴은 마치 그늘에 잠긴 물처럼 황량하면서도 서글펐다. 흉터 있는 여자의 진심 어린 느린 말투는 꾸인의 마음을 바꿔 놓았다. 꾸인이 대담하게 요구했다. 아주머니가 저랑 같이 들어가실래요? 얼굴에 흉터 있는 여자가 아무말 없이, 고개도 끄덕이지 않고, 그저 눈빛으로 동의를 표시했다.

남자와 마른 여자가 밖으로 나왔을 때, 꾸인과 얼굴에 흉터 있는 여자가 집안으로 다시 들어갔다. 남자와 마른 여자 역시 호기심 어린 눈길로 둘의 모습을 바라 봤다.

꾸인이 소쿠리에 5만동 짜리를 올려놓고, 무당에게 뚜언의 이름과 사망일을 알려주었다. 혼령의 생일은? 무당이 물었다. 뚜언의 생일이 기억나지 않았기에 잠깐 우물쭈물하던 꾸인은 끌끌 혀를 차다 얼떨결에 대신 자신의 생일을 말했다. 무당은 눈살을 찌푸리며 무언가 물으려 하더니 그냥 입술을 삐죽대며 중얼중얼 염불을 올렸다. 꼬맹이는 향 한 묶음에 불을 붙이고 옆에서 대기했다. 무당이 손을 뻗어 향불을 받았다. 그리고 붉은 천을 집어 머리에 뒤집어썼다. 출렁출렁 요동치며 혼을 부르기 시작했다. 무당이 중얼중얼 염불하면서 뚜언의 이름을 부를 때마다 꾸인은 가슴이 쿵쿵거리고, 애간장이 후벼 패이고 잘려나가는 듯했다. 꾸인의 머리는 점점 몽롱해지고, 졸음이 와서 순간순간 무거워졌다. 꾸인은 자신의 몸이 천천히, 느리게, 늘어나는 걸 분명하게 느꼈다. 불현듯 눈앞에 자신과 똑같은 모습을 한 형체가 나타났다. 그 형체는 자신보다 가늘고 맑았다. 무당이 신음을 하며 가물가물 어떤 사람의 말소리를 갑자기 토해냈다. 돌아 왔어. 소리와 함께 꾸인은 자신과 똑같이 생긴 사람을 마주 보게 되었다. 역시나 통통한 얼굴, 입술을 깨무는 버릇에, 양쪽 귓불도 얇고 가벼워 보였다. 마치 거울과 마주하듯 자신의 맞은편 형상은 사라지지 않고 계속 머물러 있었다. 꾸인은 다시 정신이 몽롱해졌다. 누가 진짜 꾸인일까, 이쪽일까 저쪽일까? 정신이 혼미해졌다. 이쪽 꾸인이 물었다. 나를 알아보겠어? 저쪽 꾸인이 목이 쉰 남자목소리로 대답했다. 그럼, 알아보고말고. 그런데 얼굴이 약간 더 창백해졌네. 이쪽 꾸인이 인정했다. 내가 좀 무서운 생각이 들어서 그래. 지금 뭘 어떻게 해야 할지 모르겠어. 너무 이상해. 저쪽 꾸인이 공감했다. 나도 좀 무섭기는 마찬가지야. 그런데 요즘 왜 그렇게 머릿속이 엉망진창인 거야. 건강에 너무 해롭잖아. 이쪽 꾸인이 입술을 깨물며 변명했다. 생각을 안한다고 끝나는 게 아니니까. 밤마다 뚜언이 와서 눈을 크게 뜨고 쳐다보면서 잠 못 들게 하잖아. 너무 끔찍하고 가여워. 저쪽 꾸인이 똑같이 답을 했다. 마치 메아리 같았다. 그래, 정말로 밤마다 뚜언이 와서 눈을 끄게 뜨고 쳐다보면서 잠 못 들게 했지. 너무 끔찍하고 가여워. 그런 다음 저쪽 꾸인이 마치 어디에 다녀오는 듯 잠시 침묵에 빠져들었다. 그리곤 목이 쉰 남자 목소리로 말을 이었다. 한번 말을 하고 난 뒤 같은 말을 다시 반복했다. 태평하게 잘 지내다 갑자기 그렇게 떠나면 어느 누가 억울하지 않겠어. 태평하게 잘 지내다 갑자기 그렇게 떠나면 어느 누가 억울하지 않겠어. 이쪽 꾸인이 소스라치게 놀라며 물었다. 오빠? 오빠야? 뚜언 오빠 맞냐구? 저쪽 꾸인이 침묵에 잠기더니, 갑자기 무언가가 빠르게 미끄러져 나가는 듯 몸을 흔들었다. 저쪽 꾸인이 목소리를 바꾸어 단호하게 부인했다. 나야. 나라구. 뚜언이 여기 뭐 하러 와. 이쪽 꾸인이 실망하며 중얼거렸다. 뚜언이 교통사고를 당하기 전날 어떤 할머니가 꽃다발로 내 얼굴을 때리고, 앙다문 내 입을 가리키

32

며 혼내는 꿈을 꾸었어. 그 꽃다발은 고양이 꼬리처럼 부드러웠어. 그랬지만 나는 예상하지 못했어. 저쪽 꾸인이 한숨을 길게 쉬며 반은 남자, 반은 여자 목소리로 말했다. 그랬지만 나는 예상하지 못했어. 이쪽 꾸인이 저쪽 꾸인에게 손을 뻗었다. 저쪽 꾸인이 이쪽 꾸인에게 손을 뻗어 열 개의 손가락이 서로 맞닿았다. 그중 다섯 개의 손가락은 차갑고, 다섯 개의 손가락은 따듯했는데 차가운 손가락이나 따듯한 손가락이 이쪽 꾸인의 것인지, 저쪽 꾸인의 것인지 구분할 수 없었다. 그만 가려고? 이쪽 꾸인이 물었다. 저쪽 꾸인이 고개를 끄덕이자 순식간에 두 꾸인 사이의 공간이 점점 멀어졌다. 갈게. 저쪽 꾸인이 말했다. 어디 가려고? 이쪽 꾸인이 당황해서 다시 물었다. 몰라. 때가 됐으면 가야지. 뚜언이 너무 그리워서. 그러더니 무형의 거울이 깨졌다. 깨지는 소리가 와장창 내려앉았다.

목격자의 말이다.

얼굴에 흉터 있는 여자 : 혼이 돌아가려 할 때, 무당의 얼굴이 창백해 보였어요. 팔다리를 부들부들 떨었는데, 그 순간 둘의 얼굴이 허물을 벗은 것처럼 똑같았어요. 목소리가 달라지기도 했는데, 어떨 때는 남자 목소리, 어떨 때는 여자 목소리, 정말 뒤죽박죽 정신이 없었어요. 얘기가 끝나자 무당이 먼저 쓰러졌고요. 그 다음에 여자가 쓰러졌어요.

마른 여자 : 나는 그 여자에 대해 거의 신경을 쓰지 않고 있었

어요. 처음 관심을 갖고 본 건 그 여자가 바깥에서 니에우랑 얘기를 나누고 나더니, 혼을 불러 달라고 무당집에 다시 되돌아 들어올 때였죠. 공안[6]이 물었다. 니에우는 이마에 흉터 있는 사람이죠? 마른 여자가 답했다. 그래요. 그 여자는 제 시누이에요. 공안이 다시 물었다. 마당에 있을 때 니에우와 꾸인이 서로 나눈 얘기가 무엇인지 들었어요? 마른 여자가 고개를 흔들었다. 우리 부부는 나중에 마당으로 나왔기 때문에 아무것도 듣지 못했어요.

남자 : 두 명이 서로 손을 마주했는데, 무당의 얼굴은 붉어지고, 꾸인의 얼굴은 창백해졌어요. 고양이가 문에서 뛰어 들어왔을 때 두 명이 한꺼번에 쓰러졌어요. 공안이 다시 질문했다. 정확히 동시에 쓰러졌다는 거죠? 남자가 강조했다. 분명해요. 내가 꾸인을 붙들고 있었는데 그렇게 됐으니까요. 공안이 또 물었다. 그녀를 붙들었을 때 그녀의 몸은 차가웠나요, 따뜻했나요? 남자는 답을 찾고자 불현듯 자신의 손을 바라보았지만 자신감 있는 목소리는 아니었다. 아마도 차가웠던 것 같아요.

꼬맹이 : 저는 무당 아줌마의 몸을 붙들고 있었는데 몸이 너무 무거워서 같이 넘어졌어요. 거의 고양이를 깔고 뭉갤 뻔했어요. 공안이 물었다. 무당 아줌마의 몸이 차가웠니, 따뜻했니? 꼬맹이가 손으로 겨드랑이를 긁었다. 따뜻했죠. 많이 따뜻했어요. 제가 손으로 아줌마의 목을 만져보았던 게 기억나요, 아주 뜨거웠

---

6 베트남 경찰의 호칭이다.

어요. 공안이 또 물었다. 그래 처음에, 꾸인 누나가 밖으로 나가면서 혼을 부르지 않는다고 할 때 아줌마가 뭐라고 얘기했어? 아이는 큰 소리로 답했다. 아줌마가 이렇게 말했어요. 운 없이 요절한 사람의 명복을 빌러 온 거잖아. 그게 아니라면 뭐 하러 오늘 이렇게 고생스럽게 온 거야? 공안이 다시 물었다. 꾸인 누나가 돌아왔을 때는 어땠어? 너 신중하게 말해야 해. 꼬맹이가 무서워하는 듯 한 모습을 보였다. 윗입술로 아랫입술을 비비다가 다시 바꾸어 아랫입술로 윗입술을 비볐다. 아줌마는 그 누나가 돌아왔을 때 저한테 농담을 했어요. 내 부탁을 들어주면 이번이 정말 마지막 부탁이 될 거야. 그래서 제가 아줌마한테 다시 물었어요. 왜 그렇게 불길하게 말씀하세요. 그런데 아줌마는 대답하지 않았어요. 그 누나가 바로 그 순간, 아줌마 눈앞에 앉았으니까요. 그 누나는 한쪽이 구겨진 5만동을 복채로 내려놓았어요. 그런데 제가 그만 아줌마의 부탁을 까먹고 말았어요. 아줌마의 부탁은 초혼제 때 고양이가 집안으로 들어오지 않도록 살펴야 한다는 것이었어요. 공안은 이해하기 어렵다는 듯 미소를 지으며, 아이의 마지막 말은 사건 보고서에 기록하지 않았다.

꾸인과 무당이 동시에 급사한 이상한 죽음에 대해, 그 원인을 4월 10일 법의학 보고서에 똑같이 한 줄로 기록했다. 뇌졸중 사고.

가다

응웬 빈 프엉(Nguyễn Bình Phương)

응웬 빈 프엉 Nguyễn Bình Phương | 소설가, 시인

1965년 타이 응웬에서 태어났다. 현재 베트남 작가회 부주석, 『군대문예』 잡지 편집장을 맡고 있다. 1990년대부터 작품활동을 시작했다. 출간한 작품은 아래와 같다. 『젠장』(소설 1990), 『독기』(시, 1993), 『늙어죽은 어린이들』(소설, 1994), 『몸에서 멀리』(시, 1997), 『부재자』(소설, 1999), 『쇠퇴한 기억』(소설, 2000), 『죽어서 푸른 하늘로』(시, 2001), 『시작하자마자』(소설, 2004), 『무심한 낚시』(시,2011), 『나 그리고 그들』(소설, 2014), 『얘기를 마치고 떠나다』(소설, 2017) 시집 『무심한 낚시』로 2012년 하노이작가협회 최고작품상, 소설 『나 그리고 그들』로 2015년 하노이 작가협회 최고작품상을 수상했다. 『나 그리고 그들』은 2021년 한국에서 번역출간될 예정이다.

나무둥치들이 물 위에 둥둥 떠다녔다. 마귀들이 살 것 같은 몽
환적 분위기의 집 몇 채가 어둠 속 여기저기에 흩어져 있었다. 달
은 하늘 한가운데 멈춰, 둥글게 떠있지만 빛이 사방으로 퍼지지
않았다. 단지 한줄기 흐리고 얇고 날카로운 달빛이 땅을 비추어
아주 작고 누런 먼지들 가득한 희뿌연 길을 만들었다. 군인은 조
용히 그 빛의 흔적 위를 지나갔다. 등에 진 배낭이 커다란 자몽처
럼 부풀어 올랐다. AK 소총을 대각선으로 매었는데, 총열이 허술
하게 오른쪽 어깨를 약간 벗어나 걸쳐져 있었다. 군인은 뼈가 앙
상하게 드러날 정도로 말랐고, 무성한 눈썹이 그림자를 만들며
푹 패인 눈 쪽으로 내려가 암담한 그늘을 만들었다.
　- 스물다섯… 서른… 서른일곱…
　군인은 성큼성큼 걸음을 내딛었지만, 다부진 걸음과 비틀거리
는 걸음이 한 번씩 섞였다. 노르스름한 빛 속에서 군인의 모습은

인쇄된 듯 선명했다.

- 쉰여섯… 예순하나…

- 자기야!

아주 나약하게 부르는 소리가 귀에 맴돌았다. 군인은 걸음을 멈추고 주위를 둘러보았다. 사방에 인기척이 없었다. 길가, 어둠 속에서, 몇 그루 나무가 쓰러져 여기저기 흩어져 있었다. 한 일자 모양의 바위가 왼쪽에 놓여있었다. 그것은 커다란 관짝 같았다. 군인의 눈에 하얀 나비 한 쌍이 눈에 들어왔다. 그것들은 아주 오래전부터 그를 따라서 날아오고 있었다. 네 개의 날개가 배회하며 갑자기 사라졌다 갑자기 모습을 드러냈다. 마치 바람 속에 휩쓸린 네 개의 작은 종이 쪼가리 같았다. 군인은 눈살을 찌푸리다가, 주름을 만들며 작은 이마를 위로 밀어 올렸다.

- 자기야, 좋아?

- 좋지!

- 내 머리핀 좀 찾아줘. 어딘가에 흘렸어. 내일 자기 언제가?

- 상부에서 현[7]에 7시 반까지 모이라고 했어. 정말 지겨워. 자기 머리핀 여기 있네. 집에서 우리 엄마를 조금만 더 친절하게 대해줘. 올해 엄마가 너무 병이 깊어지셨어.

- 알았어. 자기는 날 잊으면 안 돼.

- 제길 어떻게 잊겠어. 나는 돌아올 거야. 반드시 자기한테 돌

---

7 한국의 '군'에 해당하는 행정 단위

아올 거야. 나는 그저 이천아홉 걸음만 갈거야.

- 아니야, 이천여덟 걸음이지.

- 그래 그렇다면, 이천여덟 걸음으로 할게. 정확히 이천여덟 걸음. 그 이상도 그 이하도 아니고, 나머지는 뭐 상관없어…

- 자기는 좀 더 가고 싶어?

- 그래.

- 어째서 그렇게 힘이 남아도는 거야?

군인은 입술을 움직이다가, 몸에 충격을 받았다. 충격으로 배낭에서 달그락달그락 소리가 났다. 가는 소리가 나는 공간, 가볍고 신비로운 소리가 나는 그곳은 삶이 없는 곳이었다. 하얀 나비 한 쌍이 쓰러진 나무 둥치부터 빛 자국이 있는 가장자리까지 선회했다. 그다음에 위로 치솟아 올랐다가 아주 아득한 짙은 어둠 속으로 사라졌다.

- 삼백팔십일, 삼백팔십이… 사백… 사백사…

군인이 숫자를 헷갈렸다. 그는 누군가 지금 뒤를 따라오며 자신이 남긴 숫자들을 줍고 있는 듯한 느낌이 들었다. 커다랗게 한숨을 쉬었다… 문턱에 앉아있는 어머니가 길가와 재단을 바라보고 있었다. 젊은 아버지가 어머니를 바라보았다… 그다음 모든 것이 사라지고, 단지 끝없이 고뇌하는 한숨 소리만 남았다.

- 이천하나… 이천넷, 이천다섯…

공기가 차갑게 가라앉는 것을 느꼈을 때, 군인은 눈을 감았다.

- 이천여섯…

군인이 몸을 떨면서, 불현듯 눈을 다시 뜨니 자신이 반달 모양의 출입문 아래 서 있었다. 출입문은 커다란 회색 암석을 이어놓은 모양이었다. 위엄있고, 다부졌다. 출입문의 양쪽 문짝은 흐릿한 흔적으로만 남은 파도 같았다. 수증기가 뭉게뭉게 피어올랐다. 군인은 숨을 길게 들이마셨다.

- 이천일곱…

그는 대담하게 이쪽 문을 통과해 저쪽으로 가는 길에 발을 내딛었다. 총열이 가볍게 멈칫했다. 군인의 눈앞은 옅은 갈색의 광활한 공간이었다. 멀리 내다보니, 눈길 끝에 몇 개의 광선이 반짝거리는 모습이 보였다. 작은 모래 알갱이들이 그 속에서 반짝이고 있었다. 비실비실 걷던 군인이 고개를 돌리니, 방금 지나온 길이 모두 사라지고 없었다. 흐릿한 흔적이 서서히 걷히자 어둑어둑한 물가가 나타났다.

- 자기야…

소리는 출입문 장막에 막혀 한 쌍의 나비와 함께 점점 작아지다 사라졌다. 네 개의 날개는 비틀거리며 빛이 사라진 쪽으로 떨어졌다. 군인은 숨을 몰아쉬었다. 머릿속이 몽롱해졌다. 그리고 가벼워지고 맑아졌다.

군인은 걸음을 옮기며 처음부터 숫자를 다시 셌다.

- 하나, 둘, 셋, 넷…

지금 걷는 걸음은 처음과 똑같다. 가볍고, 경쾌했다.

- 열여덟… 스물하나…

군인은 언제 반달 모양의 출입문을 지나쳤는지 모른다. 그는 이미 달 저편으로 건너갔다. 그곳은 영원히 이천일곱 걸음만 있는 곳이다.

숲을 가로질러 날아가는
납부리새들

보 티 쑤언 하(Võ Thị Xuân Hà)

보 티 쑤언 하 Võ Thị Xuân Hà | 소설가

1959년 하노이에서 태어했다. 청년문학위원회 위원장, 『작가』 잡지 편집장을 역임했다. 현재 베트남 작가회 상임위원회 부위원장, 창작위원회 부위원장을 맡고 있다. 회계사법전문대, 문학종합전문대, 응웬 쥬 문예창작학교, 호치민정치학원을 졸업했다. 단편집 23권, 중편집 3권, 소설 3권, 산문집 3권을 출간했고, 국내의 문학상 13개를 수상했다. 대표작으로는 단편집 『적대자』, 『보 티 쑤언 하 단편집』, 『머무른 태양』, 중편집 『가보 상자』, 『오크나무숲 이야기』, 장편 『성벽』이 있다.

내가 탄네 집 며느리가 된 지 일주일 만에 충돌이 발생했다. 탄의 얼굴은 창백했고 두 입술은 보기 싫게 메말라 터져 있었다. 입맞춤은 그렇게도 거칠게 하면서 정작 움직여야할 때가 되자 더듬거렸다.

"제멋대로 굴면 가르쳐야할 것 아니야."

시아버지가 백정처럼 포효했다. 나는 방에서 맨살이 드러난 허벅지를 흔들거리며 대들듯 입술을 삐죽거렸다.

"그만들 하시고, 어머니, 아버지 눈감아 주세요." 탄의 목소리는 처참했다.

탄의 아둔한 어머니는 채소 광주리를 끼고 부엌으로 들어가며 궁시렁거렸다.

"한 번 더 싸우면 돌려보내 버려야지. 큰 아들, 큰 며느리가 저 모양이니 누구를 의지해야 할지 원!"

나는 박차고 달려 나가 연애를 할 때는 선택이 불가능했던 큰 며느리 자리에 대고 삿대질을 해대고 싶었다. 그렇긴 했지만 밤이 되면 우리는 한 쌍의 뱀처럼 서로를 휘감았다. 두 평이 안 되는 방은 탄의 진한 땀냄새와 나의 머리카락 향기, 사랑에 취한 두 사람의 숨결로 가득 찼다. 그리고 이따금 한 줄기 가벼운 바람이 연못과 번쩍이는 강 물결, 물고기, 새우 그리고 잠든 도시 따위가 내뿜는 조금은 독한 밤의 향기를 좁디좁은 방 안으로 실어왔다. 한바탕 탐닉 후에, 우리는 서로 몸을 떼고 침대 가장자리에 늘어지게 누워 무심코 창문을 비집고 들어오는 흐릿하게 깜빡이는 별들을 몽롱하게 쳐다봤다.

"어머니랑 싸우지 마. 어머니는 늙었잖아."

탄이 어둠 속에서 되뇌었다. 나는 벌거벗은 채 하늘의 별을 셌다. 탄의 소곤소곤한 목소리가 마치 자장가처럼 나를 잠 속으로 이끌었다.

"해마다 태풍 오는 시기가 되면 말이야, 난 오리 몇 마리가 없어지게 놔뒀다는 이유로 난 매를 맞아야 했어. 견우직녀비가 내리는 음력 칠월에 오리들이 궁둥이를 하늘로 쳐들고 반짝이는 수면 아래로 고개를 기울이면 알이 미끄러져 나와 강바닥으로 떨어지는데 그러면 나는 물속으로 들어가서 손으로 더듬어가며 알을 찾아야 했지. 어떤 때는 광주리를 집어올 때도 있었어. 입술은 새파래지고 때로는 반바지가 해져 불알 두 쪽이 불쑥 튀어나오기도

했다니까…"

　나는 피식 웃으며 잠에서 깼다. 탄은 잘생겼다. 살집도 조금 있고 팽팽한 피부에 가슴은 펑퍼짐했다. 잿빛 갈색 머리칼이 총명한 이마를 덮고 있었다. 탄은 소녀 수십 명을 한꺼번에 움직일 수 있었다. 하지만 나에게 빠진 탄은 내가 다른 사람들에게 갈까봐 늘 두려워했다. 그가 바보 같아서 그렇게 생각한 것이었다. 그저 너무 사랑한다는 이유만으로 탄은 나 또한 지독하게 질투 하고 있다는 사실을 눈치채지 못했다. 그 때문에 나는 시댁을 미워하게 되었다.

　내가 절대로 미워하지 않는 사람이 딱 한 명 있었다. 심지어 그가 이곳에 있어 주기를 항상 바라기도 했다. 그랬다면 큰며느리가 되지 않았을 테니 나 역시도 시댁으로부터 상처를 덜 받았을 것이기 때문이었다. 그는 높은 곳에 앉아서 웃는 모양을 한 눈을 침울하게 뜬 채로 몽롱하게 문밖을, 정원을 바라보았다. 정원에는 슈가애플나무와 자몽나무 몇 그루뿐이었다. 나는 자그마한 손가락 끝으로 땅을 긁어 팠다. 흙에 손이 벗겨져 피가 났다. 땅속에는 지렁이들이 바글바글했다. 나는 겁에 질려 집 안으로 뛰어들어갔다. 그는 여전히 실실 웃으며 몽롱하게 문밖을 바라보고 있었다. 나는 탄을 부르며 정원을 가리켰다.

　"우리 집 땅은 지렁이 천지예요."

　시아버지가 담뱃대를 재빨리 빨고 나서 연기를 내뿜어 집안을 뿌옇게 만들고는 중얼거렸다.

"이집 며느리가 미쳤구먼."

내 편을 들어줄 수 있는 이는 넘뿐이었다.

쉬는 날이면 탄은 나를 데리고 숲으로 들어가 작은 새를 사냥
했다. 작은 산새들은 하늘을 찌를 듯 쭉 뻗은 흰배롱나무 가지 위
에 주렁주렁 앉아 있었다. 탄은 엽총을 조준하며 말했다.

"작은 새를 쏠 때는 말이야, 다른 부류들을 맞출 때보다 마음
이 가볍다니까."

탄의 손에 들린 총이 흔들렸다. 내가 물었다.

"왜죠?"

작은 새들이 금세 하늘을 가득 메울 듯 이리저리 날아올랐다.
한 마리가 멀리 숲속으로 떨어졌다. 가시 돋친 흰 우윳빛 꽃밭 위
에 새빨갛게 피가 번졌다. 탄이 달려들어 땅에서 몸부림치고 있
는 갈색 납부리새를 낚아챘다. 나는 탄의 소매를 붙잡고 가볍게
잡아당겼다.

"왜냐구요?"

탄은 웃으며 풀밭 위에 흩뿌린 선홍색 핏자국을 바라보고는 하
늘을 가리키며 말했다.

"왜냐하면 말이지, 녀석들은 셀 수 없이 많기 때문이야."

나는 낙엽을 모아 불을 피웠다. 불길이 낙엽에 번지며 붉게 타

올랐다. 납부리새는 불 위에서 지글거리며 육즙을 토해냈고 탄의 거친 손은 쇠꼬챙이를 붙들고서 연신 고기를 뒤집었다.

구운 새고기 냄새가 고소하게 퍼졌다. 나는 침을 삼키며 칼끝을 뻗어 익은 고기 한 점을 잘라내 입에 넣었다. 탄은 장난기 어린 미소를 띠며 나를 바라보았다.

"당신은 딱 여우과야. 에크머린 여우[8] 아가씨라고."

우리는 풀밭을 뒹굴었다. 입에는 여전히 새구이의 육즙이 묻어있는 채로 서로를 끌어안고 몰입했다. 어떻게 해도 서로의 속을, 가장 깊은 곳 끝까지를 알 수가 없었다. 나는 나와 함께 누워있는 남자의 몸 구석구석에 펼쳐진 모세혈관 속을 격렬하게 흐르고 있는 작디작은 혈액 세포 하나하나를 미치도록 바라보고 더듬고 싶었다. 남자와 여자를 끌어당겨 서로 옭아매는 비밀스러운 힘을 너무나도 알고 싶었다.

탄은 작은 새를 한 마리씩 사냥해서 구워 먹은 후 또다시 사냥했다. 날이 점차 기울어 오후가 되자 우리는 풀밭 위에 몸을 축 늘어뜨리고서 둥지로 돌아가는 새떼를 바라보았다. 태양은 붉게 멍들어갔고 우리의 피는 작은 새의 피와 뒤섞였다.

때때로 우리는 숲속에서 비를 만나기도 했다. 비는 주룩주룩 쏟아졌다. 야생의 잎들이 갈갈이 부서졌다. 빗방울이 시리게 살갗을 때려 몸속에서 활활 타오르고 있는 갈증을 누그러뜨렸다.

---

8 (원작자 주) 프랑스 설화 『여우 이야기』에 등장하는 여우.

나는 탄과 함께 옷을 벗고 비 맞으면서 후후 큰소리로 외치며 웃었다. 내 몸은 물에 흠뻑 젖어 하얗게 빛났다. 비 맞은 살갗이 팽팽하고 매끈해지면서 여자의 삶에 새겨진 영원한 상처를 누그러뜨렸다.

비가 그친 후, 숲은 푸른빛으로 반짝였다. 나무껍질을 뚫고 나온 새싹이 저무는 햇볕을 쬐었다. 개미 떼가 인내심을 가지고 천천히 썩은 낙엽 위를 기어갔다. 녀석들은 방금 떨어진 나뭇잎을 등에 지고 가기도 했다. 탄이 말했다.

"쓰디쓴 나뭇잎을 먹는 개미는 배고픈 개미지."

나는 결혼 전 일을 떠올렸다. 엄마는 여느 때처럼 딸을 교육시킨다며 아주 이상한 말들을 늘어놓았다. "개미 팔자는 배고픈 팔자야." 엄마는 나에게 시부모를 존경하는 방법이며 냄비 앞에 앉아 가족들에게 밥을 소복하게 퍼주는 방법, 개미처럼 쉼 없이 머리를 조아리는 방법을 가르쳤다. 나는 탄을 바라보며 비탄에 잠겨 생각했다. 이미 개미인데 거기다 배고픈 개미가 되다니!

어딘가 멀리서 졸졸졸 시냇물 흐르는 소리가 들렸다. 사슴이 우는 소리와 숲속의 나뭇잎들이 바스락바스락 숨 쉬는 소리도 들렸다. 극락어들이 꼬리를 치켜들고 이끼 낀 푸른 자갈 바닥 먹이를 찾고 있었다. 유일하게 호랑이만큼은 우리에게 달려들지 않는 한 절대로 눈에 띄지 않았다.

"에크머린 아가씨, 집에 갑시다."

탄이 불렀다. 나는 아쉬워하며 숲을 떠났다.

　며느리가 되고 일 년 만에 나는 임신 했다. 아홉 달을 꽉 채운 후 남편 일가를 쏙 빼닮은 여자 아이를 낳았다. 산파가 탯줄을 잡아당겨 싹둑 잘랐다. 나는 분만대 위에서 사지를 쫙 벌린 채로 잠이 들었다. 탄보다 덩치가 큰 어떤 남자가 천장에서 나를 내려다 보고 있었다. 그는 창백하고 수척한 내 얼굴을 바라보고 나서 막 잘려진 탯줄이 아직 산도 밖으로 늘어져 있는 배 부분을 훑었다. 딸아이가 목 놓아 우는 소리가 들렸다. 그때 남자가 몸을 굽혀 아이에게 입을 맞추고는 내 쪽으로 와서 새빨간 탯줄을 더듬었다. 서글픈 눈빛이 나를 바라보며 미소를 지었다. 넘이었다. 탄이 침대로 안아 옮겨줄 때 나는 잠에서 깨어났다. 나는 탄을 바라보았다. 불현듯 탄이 낯설어 보였다. 막 아빠가 된 탄은 어색하게 웃으며 어색하게 주변 정리를 했다. 현관 밖에서 시아버지가 투덜거리는 소리가 들렸다.

　"언제 고추 달린 녀석을 보려누."

　아! 줄곧 기다린 것이다. 나는 지쳐 눈을 감았다. 나는 나의 산도 밖으로 삐죽이 튀어나온 탯줄을 더듬던 남자가 보고 싶어졌다. 한 순간 나는 탄도 잊고 숲에서 보낸 휴일들도 잊고 모든 것을 잊어버렸다. 탄의 사랑으로도 닿기만 했을 뿐 손에 쥐지는 못했던, 내 몸 속을 흐르는 가느다란 실핏줄들을 마치 불쑥 들어와 더듬거리며 전부 움켜쥔 듯이 탯줄을 쓰다듬고 있던 그 남자의 모습에 나는 흠뻑 빠져버렸다.

"당신 아버지가 아들을 더 원한다면 새 부인을 얻어드리세요."

정신을 차린 나는 분란을 일으키기 시작했다. 탄은 내 어깨를 다독이며 구슬렸다.

"자, 그만하고 편히 누우시죠, 에크머린 아가씨."

"당신도 아들을 갖고 싶으면 새 마누라를 얻으라고요."

나는 조금도 누그러지지 않았다.

탄은 이맛살을 찌푸렸다.

"난 미리 알고 있었잖아. 당신, 아이가 생기니까 바로 나를 내치는군."

나는 미친 듯이 화를 냈다.

"당신들 남자들 말이에요, 조심하라고요. 까딱 하단 전멸해버릴 테니까. 온 세상이 전부 여자들뿐이라면 강물만 마셔도 임신이 될 텐데 말이야." 나는 웃음을 터뜨렸다. "그렇다면 좀 보라고요. 우리 여자들이 남자들보다 훨씬 더 나긋나긋하잖아요. 격한 말다툼이나 하지 어디 총 들고 피범벅으로 만드냐고요…"

탄은 미친 듯이 쏟아내는 내 말을 들으며 멍한 얼굴로 잠자코 앉아 있었다. 나는 화를 누그러뜨리고 탄의 손을 잡으며 속삭였다.

"저 방금 넘 아주버님이 돌아온 걸 봤어요. 아주버님이 우리 아기한테 입을 맞추고 홀딱 벗고 있는 저를 바라봤다고요."

탄은 깜짝 놀랐다.

"헛소리하기는."

"진짜예요! 마치 마이가 당신 딸이 아니라 자기 딸인 것처럼 대하더라니까요."

탄은 내가 잠꼬대를 하는 줄 알고 믿지 못하며 말했다.

"일전에 내가 넘 형님의 부대명을 알아 두었어. 당신이 몸을 추스르면 내가 가서 찾아볼 거야 아마…"

***

넘은 탄의 친형으로 이 집의 장남이다. 넘 아주버님은 열일곱에 군대에 자원입대했다. 시댁 마을 사람들이 모두 와서 배웅하며 칭찬했다. 그 이후 시아버지는 이것저것 밀수를 했지만 자원해서 군대에 간 아들을 두었다는 이유로 용서를 받았다. 그저 난폭한 아버지 때문에 넘 아주버님이 집을 나갈 방법을 찾아야 했다는 건 아무도 의심하지 않았다. 나는 진저리치며 생각했다. 다행히도 그때 서로 싸웠기에 망정이지 지금처럼 고요했다면 부모가 싫은 자식들은 거리를 헤맬 수밖에 없었겠네. 전에 넘 아주버님은 종일 돌아다니다가 밤에 들어와 놀고먹으면서 돈 한 푼 안 보탠다는 죄목으로 주로 대들보에 매달려 아버지에게 회초리로 맞았다고 탄이 이야기해 주었다. 넘 아주버님이 입대를 한 지 두 달 만에 부대에서는 전장으로 들어가기 전에 하루 휴가를 주었다. 그는 한밤중에 쾅쾅쾅 문을 두드렸다. 개 짖는 소리가 귀가 찢어질 듯 온 마을에 퍼졌다. 아버지는 도둑이 소리치는 것이라 여기고 서둘러 돈뭉치를 대나무로 엮은 판 아래 쑤셔 넣었다. 넘 아주버님은 꼬박 하루를 머물면서 거세한 수탉을 전부 먹어치우고 식구들에게 인사하고 떠났다. 그때 겨우 열 살인 탄은 현관 구석에서 사탕을 빨며 서 있었다. 넘 아주버님은 주머니 속에서 고추만 한 구리 탄피 하나를 꺼내 탄에게 주었다. 그리고 주머니를 뒤져 모아 두었던 수당을 꺼내 어머니 손에 쥐어 주었다. 어머니는 눈물을 뚝뚝 흘리며 넋 나간 표정으로 골목을 빠져나가는 아들을 바라보았다. 아버지는 목을 가다듬었다.

"흠… 뭣 하러 울어? 남자라면 발은 땅을 짚고 머리에는 하늘을 이어야지."

하지만 넘 아주버님은 발은 땅을 짚고 머리에는 총알을 써야만 했다. 아주버님이 가고 일 년 후에 사망통지서가 왔다. 아주버님은 죽었고 시신은 꽝찌[9]의 어딘가에 있었다. 탄은 먼지 쌓인 장난감 더미를 뒤져 구리로 된 탄피를 꺼냈다. 그는 반짝반짝 윤이 나도록 탄피를 닦아서 가장 깊숙한 곳에 넣어두었다. 나와 연애를

---

9   베트남 중북부 지역 해안에 접해 있는 성. 1975년 이전 남베트남의 최전방 지역으로, 이곳에 북베트남과 남베트남을 가르는 군사분계선이 있었다.

할 때 탄은 그것을 꺼내서 자랑했었다.

"넘 형의 기념품이야."

나는 탄피를 유심히 살펴보았다. 아주버님의 모습이 어른거렸다. 우리의 사랑은 시작부터 탄약 냄새로 물들려 했다.

*****

마이가 태어나고 2년이 되었을 때 어느 영화 제작팀이 꽝찌에 있는 오래된 성에 가게 되었다. 그들은 전쟁에 관한 영화를 찍고 있었는데 잔혹한 전쟁으로 인해 헤어질 수밖에 없었던 부부에 관한 이야기였다. 허울과 이기심, 숭고함이 뒤섞인 이야기는 바로 오래된 성곽에서 벌어졌다. 탄은 한 신문사에서 교열직을 맡고 있었지만 가끔 기사를 쓰기도 했다. 기사가 인쇄되면 그는 조심스럽게 그것을 개인 서랍에 넣고 열쇠로 잠갔다. 기사를 쓰면서 탄은 많은 이들을 알게 되었다. 영화 제작팀 감독은 탄과 의형제를 맺은 사이였다. 감독에 대해서 탄이 최근에 칭찬하는 기사를 쓰기도 했었다. 그들은 탄에게 동행하면서 곧 완성될 영화를 위해 광고 기사를 써줄 것을 진심으로 청했다. 탄은 동의하는 대신 한 가지 조건을 달았다.

"지엠도 데려가게 해주세요."

영화팀 감독 빈이 고개를 끄덕이며 웃었다.

"너랑 지엠은 어디를 가든 딱 달라붙어 있구나. 늙어서는 해님 달님이 될 수도 있겠어."

나는 탄이 나와 함께 가기를 원하는 건 단지 남편 없는 집에서 내가 부정해질까 두렵기 때문이라는걸 너무나 잘 알고 있었다. 탄은 여동생 프엉의 애인 뚜가 이글거리는 눈빛으로 나를 바라보는 모습을 우연히 보게 되었다. 프엉은 스물다섯 살이었지만 가슴은 절벽이었고 화장을 하지 않으면 피부가 창백했다. 매번 뚜가 올 때마다 프엉은 당황해하며 미숙한 티를 냈다. 음료를 만들어 대접할 때에도 늘 바닥에 엎지르기 일쑤였다. 나는 기회를 봐 달려나가 바닥을 닦으며 몸을 숙여 밖으로 드러난 젖무덤이 뚜의 눈에 띄게 했다. 뚜의 목구멍으로 마른 침 넘어가는 소리와 프엉의 심장에서 분노에 차 끓어오르는 핏소리가 들렸다. 나는 살짝 입을 벌려 미소를 짓고는 여유롭게 문을 걸어 나왔다.

탄은 화가 나서 냉랭한 표정을 지었다. 만일 탄이 나에게 잘못이 있다는 말을 하지 않았다면 아마도 나는 후회 했을 것이다. 나는 침대로 기어 올라가 벽 쪽으로 얼굴을 돌리고 뚜와 프엉이 사랑을 나누는 모습을 상상했다. 뚜의 눈빛이 내 몸을 쭉 어루만졌다. 땀이 흠뻑 배어나와 흥건해졌지만 넘 어주버님의 우울한 두 눈이 차갑게 나를 바라보고 있는 모습이 떠오르자 나는 오싹해지고 말았다.

***

영화 제작팀은 중부 지방의 무더운 햇살 아래서 인내심을 가지고 촬영에 들어갔다. 뜨거운 바람이 불어와 순식간에 오래된 성곽을 집어삼키고 모든 것들을 찐득하게 만들었다. 주연 배우는 2킬로그램이 빠졌다고 자랑했지만 햇볕에 검게 타 집에 가면 강아지가 주인을 알아보지 못할까봐 걱정 했다. 그러면서 그녀는 웃음을 터뜨렸다. 유명 배우인 그녀는 들어오는 일이 없자 사는 게 지루해져 밤낮 놀러 다니다가 순박한 농촌 아낙네 역할에 캐스팅된 것이었다.

촬영 스태프들은 오래된 성곽을 배경으로 군인들이 빗발치는 총탄 아래 쓰러지는 격렬한 전장의 모습을 재현해 놓았다. 붉게물든 풀숲에 매캐한 탄약 냄새까지 섞여 있었다. 나는 얼이 빠질만큼 무서웠다. 마치 전쟁이 지금 바로 옆에 있는 것 같았다. 빈이 내 귀에 대고 소리쳤다.

"이 정도면 겨우 실제의 십분의 일밖에 안 된다고요."

십분의 일이란 말인가? 아님 백분의 일이란 말인가? 내가 알바 아니었다. 립스틱과 분으로 뒤죽박죽인 내 손가방 밑바닥에 넘 아주버님의 얼룩진 편지가 있었다.

"… 너무나도 조용하네요. 저희는 닭 우는 소리, 어린아이 울음소리 같은 걸 듣고 싶어요."

나는 기운 없이 생각했다. 전투 중의 고요한 순간에 느껴지는 공포까지 전부 그려낼 수 있는 영화가 과연 있을까?

넘 아주버님은 지금 고성을 둘러싼 수많은 갈대 사이 어디쯤에 누워있을까?

나는 탄과 함께 지역 구석구석을 돌아다녔다. 햇살이 후려치자 잔디와 왕바랭이 그리고 갈대만이 지표를 뚫고 기지개를 켤 뿐이었다. 온통 하얗게 반짝이는 구역은 죽은 자들의 도시였다. 이따금 나는 발을 헛디뎌 손을 짚어 다시 일어섰다. 탄은 비탄에 젖어 저 멀리 묘지 끝까지 끌어당기듯 바라보았다.

"그러니까 아직도 못 찾은 거로군…"

어느 '할망'[10] 하나가 우리를 스쳐 지나며 들릴 듯 말듯 한 마디를 흘렸다.

"찾는 사람이 끊임 없구먼 '절대루'."

나는 감히 물었다.

"저기, 말씀 좀 여쭐게요…"

늙은 '할망'이 고개 돌려 나를 쳐다보았다.

"죽은 사람에 대해 물어보는 건 가능하지. 산 사람들은 말이야 전부 사방으로 흩어져 버렸다우."

---

10 (원작자 주) 베트남 중부 지방에서 '할머니'를 친근하게 이르는 말.

* 이 책에서는 다른 어휘들과의 차별성을 부각시킨 원작의 의도를 살리기 위해 '할머니'의 한국어 방언 중 하나인 '할망'으로 번역하고 작은따옴표로 강조의 의미를 더했음.

"네, 죽은 사람에 대해 여쭐게요."

"알았다니 '께'."

'할망'은 구불구불 휘어진 강판으로 지붕을 덮은 집을 가리켰다. 우리는 '할망'의 발걸음을 따라 들어갔다. 집안에는 야자 잎으로 엮은 작은 침대와 나무 탁자, 이 빠진 그릇 몇 개가 여기저기 널려 있을 뿐이었다. 제를 올리는 선반 위에는 한 청년이 어두운 얼굴로 눈을 약간 찡그리고 있었다. 늙은 '할망'은 그릇 두 개에 밑바닥에 손을 넣어 찌꺼기가 있는지 만져보고 유리병의 기울여 물을 따라 우리 부부에게 권했다.

"드슈! 몇 년에 죽었는고?"

탄은 잠시 멍하게 있더니 마치 우리가 찾아가야 했던 수많은 책임자들에게 이미 대답을 해본 것처럼 분명하게 답했다. 늙은 '할망'은 집중해서 들었다. 다 듣고 나서 '할망'이 고개를 저었다.

"들어보니 유골을 찾기는 어렵겠네. 내 두 분에게 이런 방법을 알려드리리다. 그 사람을 사랑했던 여자를 찾아서 기도를 해달라고 하는 거야. 사람은 말이지, 죽고 나면 몸뚱이는 돌려받을 수 있지만, 영혼은 전에 인연을 맺었던 사람에게 속하게 돼 있거든…"

늙은 '할망'의 목소리는 찐득하고 걸쭉했다.

"내 아들은 있잖수." '할망'은 제를 올리는 선반 위를 가리켰다. "죽은 후에 뼛조각 하나 찾지 못했지. 그 전투에서 말이지, 녀석은 주력 대대의 길잡이였어. 포탄이 쏟아져서 조각조각 땅속으로 흩어져 버렸지…"

늙은 '할망'은 마른기침을 했다. 나와 탄은 향 한 다발을 나눠 들고 금이 간 향그릇 군데군데 꽂았다.

밤이 되어 호텔에 누우니 유리문 밖에서 셀 수 없이 많은 반딧불이가 반짝반짝 날갯짓을 했다. 나는 살그머니 일어나 창문을 열어젖혔다. 새파란 반딧불이들이 비틀거리며 침실로 날아들었다. 탄은 무릎을 감싸고 앉아 한참 동안 반딧불이를 쳐다보았다.

"넘 아주버님은 옷깃에 빛이 바랜 붉은색 계급장을 달고 있었어요. 단추 두 개는 깨졌고 하나는 실이 끊겨서 곧 떨어질 것 같았고요."

나는 출산하던 날 봤던 남자의 모습을 떠올렸다. 탄은 맥이 풀린 듯했다.

"넘 형은 입대할 때 겨우 열일곱이었으니 사귀기는 일렀지, 여자친구를…"

넘 아주버님을 찾아봐도 나오지 않자 탄은 호텔에 쳐박혀 기사를 썼다. 나는 어머니가 위독해서 돌아가야 하는 어느 여배우를 대신해 엑스트라 역할을 맡았다. 한 마디도 하지 않고 가만히 서서 고성 너머로 날아가는 새떼와 산산조각 나는 바람을 바라보는 역할이었다.

새라는 말을 듣자 탄은 펜을 놓은 채 총을 메고 갈대 언덕으로 찾아왔다. 흰점박이갈대 언덕 위에는 한 무리의 작은새떼 한 무리가 앉아 있었다. 탄이 감독에게 속삭였다.

"이 장면이 끝나면 내가 사냥할 수 있도록 해주셔야 해요."

나는 살금살금 기어서 감독이 지시한 위치로 갔다. 그러고 나서 벌떡 일어섰다. 새들은 스르륵 움직이는 소리를 듣자 하늘을 뒤덮으며 날아올랐다. 나는 고개를 들고 아주 먼 곳까지 바라보았다. 바람 속에는 탄의 말이 떠다니고 있었다. "녀석들은 셀 수 없이 많기 때문이야." 카메라 소리가 웅웅 들렸다. 그리고 딱. 카메라 꺼지는 소리가 났다. 탄은 총을 끌어당겨 하늘에 대고 조준했다. 총구가 가볍게 떨렸다. 한 마리가 휘청휘청하다가 떨어졌다. 새구이 냄새와 탄의 땀냄새가 나더니 갑자기 내장이 뒤틀릴 정도로 토악질을 할 것 같았다.

우리 둘은 갈대 언덕에 누워 새구이를 먹었다. 탄은 내가 입을 닦기를 기다렸다가 말했다.

"당신 넘 형을 좋아한 거지?"

나는 당황했다.

"미쳤군요. 아주버님의 유골조차 아직 찾지 못했다고요."

탄은 풀밭 위로 나를 내리눌렀다. 나는 몸을 구부려 저항했다.

"당신 식구들을 전부 증오해요." 나는 크게 소리쳤다.

"그럼 누구 덕분에 당신이 여자가 됐는데? 누구 덕분에 애를 낳았는데?"

"우린 강물을 마시고 임신할 거라고요."

탄은 나를 놓아주고서 얼굴을 돌렸다. 나는 문득 그의 눈물이 갈대 언덕 위로 방울방울 떨어지는 것을 보았다.

"난 절대 죽은 사람을 질투하는 게 아니야. 당신, 기도나 좀 해 봐. 넘 형이 돌아오도록 기도 좀 해보라고."

나는 울었다. 그리고 기도했다. 넘 아주버님, 현명하게 살다가 성스럽게 가신 이여, 제 꿈에 나타나 주세요. 저는 탄의 아내예요, 탄의 평생의 연인이죠. 이승과 저승은 너무도 머네요. 아주버님과 친구가 되고 싶어요. 아주버님의 가족들을 받아들이고 돌봐 줄게요. 저희에게 돌아와 주세요…

하지만 타익한[11]의 물결은 언제나처럼 무심히 흘렀다. 토사가 붉게 멍들었다. 전투 중 쓰러진 여러 사내들의 유골이 토사가 된 것일까? 광활한 천지에서 어느 모래알이 넘의 유골을 밝게 비춰 줄까?

"나의 에크머린!" 탄이 속삭이듯 불렀다.

넘은 여전히 고요하고 아무 소식이 없었다. 내가 탄을 배반했다는 사실에도 아랑곳하지 않은 채로.

---

11 꽝찌에서 가장 큰 강의 이름. 1972년 6월에서 9월 사이, 베트남 인민군은 이 강을 통해 꽝찌 고성 전투에 인력과 무기를 공급했다. 투입된 인력은 대부분 18세에서 20세 사이의 어린 군인들이었다. 이 전투에서 약 1000여 명이 전사했고 그 시신이 강바닥에 누워있다. 그때부터 이 강은 '붉은 꽃의 강'이라고도 불린다.

빈손으로 돌아온 지 2년 만에 나는 아기를 가졌다. 이번 출산은 나와 탄에게 몇 배로 중요했다. 누구도 말을 꺼내지는 않았지만 나뿐만 아니라 탄도 넘 아주버님이 다시 찾아와 주기를 속으로 바라고 있었기 때문이다.

몸이 뒤틀리는 고통을 느끼며 나는 차례로 귀여운 남자 아기 둘을 낳았다. 세상에나, 아들 둘이라니. 탯줄 두 개가 쑥 나와 있었다. 할머니, 할아버지, 이번에는 마음껏 똥을 치워 보시죠. 나는 머릿속으로 어느 그림자를 기다리며 잠에 빠져 들었다…

나는 축 늘어져 누워있었다. 옆에 있던 탄은 세월의 찬서리와 바람이 서린 주름진 얼굴을 하고 있었다.

아마도 넘 아주버님은 우리가 상상했던 것보다 더 성스러웠던 것 같았다. 그는 여전히 높은 곳에 앉아서 정원을 바라보며 미소 짓고 있었다. 프엉이 버릇없이 굴면 나는 제단을 가리켰다.

"조심하라고요. 넘 아주버님에게 일러바칠 테니까."

그녀는 입을 꼭 다물었다.

아이들이 큰아버지에 대해 물을 때마다 탄은 대답했다.

"큰아버지는 저기 저 하늘 위 아득히 먼 곳에서 별이 되었지."

아이들은 존경 어린 눈빛으로 별이 주렁주렁 매달린 밤하늘을 올려다보았다. 나는 반딧불이들도 주렁주렁 다닥다닥하고 하늘의 별들은 푸르기보다 붉게 멍들어있던 꽝찌 고성에서의 밤들을 떠올렸다.

이따금 탄은 나와 아이들을 데리고 숲에 들어가 납부리새들이 키 작은 나무 위에 내려앉기를 기다렸다가 사냥 했다. 탄은 예전 처럼 한 발씩 쏘지 않고 방아쇠를 당겨 연속으로 네댓 발을 쏘았다. 총에 맞은 새들이 떨어졌다. 아들 둘이 펄쩍 뛰며 아빠를 뒤따라 달려가 새를 주웠다.

마이는 한쪽에 조용히 서있었다. 녀석은 내가 낙엽을 주워 불을 지피든 말든 관심이 없었다. 녀석은 눈썹차양을 만들어 해를 가리고 푸른 하늘을 올려다보며 숲을 가로질러 높이, 한없이 높이 날아가는 납부리새떼를 하나씩 자세히 살펴보았다.

그리고 녀석은 웃었다.

1993년 8월

이승의 길

투이 즈엉(Thùy Dương)

투이 즈엉 Thùy Dương | 소설가

1960년 하이 즈엉에서 태어났다. 응웬 쥬 문예창작학교를 졸업했다.
현재 『사업가』 잡지 편집장을 맡고 있다. 소설 6권, 중편집 1권, 단편집 9권을 출간했
다. 국내의 문학상 7개를 수상했다. 대표작으로는 소설 『거주지』, 『각성』, 『인간』, 『잃
어버린 길』 등이 있다.

밤중에 바싹 말라 앙상한 투언 노인의 모습이 물 흐르듯 침대를 빠져 나와 뒷문을 지나 정원으로 스쳐갔다. 성냥에 밝게 불이 번졌다. 불빛은 번쩍하더니 사그라지면서 붉은 점 세 개만을 남겼다. 투언 영감이 속삭였다. "응옥아, 아저씨는 너무 지쳤구나. 내 자신이 아무에게도 쓸모가 없는 것 같아. 아무도 내 말을 들으려 하지 않고. 다행히도 네가 있구나. 현명하게 살다가 성스럽게 간 너는 아저씨를 이해해 주겠지." 정원 귀퉁이에 놓여 사포딜라 나무 그늘 아래에 가려진 작은 제단 쪽으로 영감의 두 어깨가 완전히 기울어졌다. 그렇게 어두운 와중에도 향연 줄기들이 구불구불 피어올라 높은 곳 어딘가에서 서로 만나는 모습이 보이는 듯했다. 주위가 침향 내음으로 향기로웠다.

　투언 영감이 집안으로 발길을 옮길 때 투언 부인은 아연한 두 눈빛으로 몸을 웅크리고서 침대 위에 조용히 앉아 있다가 문득 깜짝 놀랐다. 영감은 고개를 숙여 부인의 눈빛을 피하면서 가볍게 기침을 했다. "추운데 정원에는 뭣 하러 나갔어요? 병이라도 들면 고생한다고요." 부인이 말을 하자 영감이 재촉했다. "들어가서 자. 애들은 발이 있으니 돌아올 거라고…" 영감은 손을 뻗어 텔레비전 리모컨을 집어 들고서 소파 깊숙이 주저앉았다. 젊은 남자가 마감 뉴스를 일정한 톤으로 읽고 있었다. "아프가니스탄 전쟁이 긴장 상태를 지속하고 있습니다. 폭격과 기아로 인해 다수의 민간인 사망자가 추가로 발생했습니다. 연합국은 해당 지역에 구호물품 이 톤을 보냈습니다…" 투언 영감의 관자놀이가 연달아 몇 번 움찔댔다. 영감은 양쪽 관자놀이를 손가락으로 누르며 긴장 속에 눈을 감았다.

그날 밤은 지금으로부터 삼십 년도 더 되었다. 투언은 선두에서 전장으로 물건을 실어 나르는 자동차를 운전하고 있었다. 옅은 누런빛의 안개등은 좁은 길을 겨우 비춰줄 뿐이었다. 밤공기가 운전석으로 밀려들면서 독한 향을 내뿜으며 말라가고 있는 볏짚 냄새를 실어왔다. 도로변의 마을 주민들이 볏짚을 들고 나와 아스팔트 위에 잔뜩 널어놓았던 것이다. 주변에 흩뿌려진 볏짚이 그대로인 걸 보니 분명 낮에는 대담하게도 이삭까지 들고 나와 저 길 가운데에 널어두었던 사람이 있는 것 같았다. "내 차는 도로 위를 씽씽…" 투언은 가볍게 휘파람을 불면서 귀는 여전히 쫑긋 세운 채로 마을에서 들려오는 소리들을 듣고 있었다. 어딘가에서 개가 짖는 소리, 대 빗자루가 쓱싹 골목을 쓰는 소리, 어느 아가씨가 친구를 부르며 메아리를 울리는 소리… 자동차 범퍼 앞으로 수평선 쪽에서 불빛이 번쩍였고 투언은 그 순간 누군가 길에 높게 쌓아놓은 볏짚 더미를 발견했다.

자동차 바퀴가 들렸다… 한발 늦었다. 투언은 고무타이어 아래쪽에 무언가 물컹물컹한 것을 느꼈고 "엄마!"하고 아주 작게 신음하는 소리를 들은 것 같았다. 달려오는 소리가 들렸고 멀리서 "응옥아! 얘야!"하고 소스라치게 놀라 부르는 소리가 들렸다. 투언의 심장은 덜커덩 멈춰 섰고 분명치 않은 예감에 조이듯 아파왔다.

투언은 얼굴을 감싸 안은 채로 운송단 단장인 홍이 피범벅이 된 사람을 팔에 안고 있는 모습을 차마 바라보지 못했다. 젊은 엄마는 땅바닥에 쓰러진 채 두 팔과 두 다리로 기어서라도 딸이 있는 쪽으로 가려고 애쓰고 있었다. 남포등의 누르스름한 빛 속에서 입이 비뚤어지고 두 눈이 곧 튀어나올 것 같은 그녀는 정말 야생적인 모습이었다.

그때부터 투언은 꿈을 꾸는 듯했다. 아주 많은 사람들이 마을에서 달려 나와 여기저기에서 시끄럽게 한탄하는 소리를 투언은 희미하게 인식했다. "불쌍도 해라. 친구들이랑 술래잡기하다가 잠들었나보네." 투언이 그 이후에도 가장 분명하게 기억하고 또 경악스러워한 것은 마비되어버린 감정이었다. 더 이상 아프지 않았고 두렵지 않았다. 그저 마음 한 구석이 뻥 뚫렸을 뿐이었다. 응옥의 시신을 마을로 데려간 직후에 대대 지휘부와 마을 지도부, 경찰 그리고 법원 관계자가 모여 회의를 한 것 같았다. 젊은 엄마는 딸의 손에 의지해 끌려가듯 들것을 끌어당겼다. 갑자기 그녀가 정신없이 다시 달려갔다. 머리에 두르고 있던 두건이 먼지 쌓인 도로 위로 떨어졌다. 회의를 하고 있는 간부들에게 다가간 그녀가 무언가 띄엄띄엄하게 말을 하더니 곧 쓰러질 듯 비틀거리는 모습으로 다시 아이에게 달려왔다. 투언은 눈을 꼭 감고서 다가올 모든 것들을 받아들이려 했다. 회의가 끝나고 투언은 단장의 차에 태워졌다. 그는 망연자실, 이해가 되지 않았다. 눈이 벌게진 홍은 입술을 꽉 깨물었다. "아이 엄마가 너한테 부탁을 했어. 어쨌든 아이는 살아 돌아올 수 없는 거니까. 아이 엄마는 네가 공을 세워서 속죄해 주기를 원하고 있어." 그때 투언은 뿌리를 잘린 나무처럼 무너져 내렸다. 삼일 밤낮을 그는 먹지도 자지도 않은 채 줄곧 눈을 부릅뜨고 있었다.

그때 투언의 첫째 딸 토아는 찌에우비엣브엉 거리에 있는 인상적인 스타일의 커피숍에 앉아 있었다. 그녀는 후이를 피해, 여자 친구들을 피해 혼자서 여기로 왔다. 향이 좋은 밤색 음료를 한 모금씩 홀짝여서 목구멍을 적시고 위까지 내려가게 하고 있자니 화가 곧 쏟아져 나올 것 같았다. 어째서 그는 그녀에게 감히 그러한 짓을 했던 걸까? 그녀가 동의하지 않았는데도 매우 급하게 다

짜고짜 달려들어 마구잡이로 그녀 몸을 강탈했다. 그녀는 "당신이 너무 끔찍해요"라고 고함을 치며 그를 곧장 밀쳐냈어야 했다. 어째서 그녀는 그렇게 하지 않고 여기에 앉아 누구도 아닌 스스로를 괴롭히며 욕하고 있는 걸까? 그녀의 가장 친한 친구 로안이 목소리를 높였던 적이 있다. "왜 남편이랑 못 자는 건데? 뭣 때문에 울어? 결혼을 했으면 감내를 해야지. 누가 어디 강요라도 했어…" 천천히 떨어지는 그녀의 눈물방울들을 후이는 대개 마음 아프게 바라보았지만 함부로 손을 움직이지는 않았다. 그가 자신을 사랑한다는 걸 그녀가 확실히 알고 있었음에도 불구하고 그는 그녀를 위해 절대 감히 무언가를 하려고 하지 않았다. 후이, 당신은 왜 그러는 거예요? 그는 감히 가족을 잘라내지 못했고 감히 그녀의 것이 되지를 못했다. 유일하게 그만이 바로 자기 자신처럼 그녀를 이해했음에도 말이다. 게다가 사랑하기까지 했으면서! 하지만 바로 그 이유 때문에 그녀는 그를 더 사랑하고 귀하게 여겼을 수도 있다. 물 한 방울이 컵 안으로 떨어져 쓴 커피와 섞였다. 아니, 그녀의 눈물방울인가? 알 수가 없었다.

투언 영감은 딸에게 말했었다. "남편이 그렇게 선하고 제대로 생겨먹었는데, 대낮에 횃불을 켜고 찾아봐도 찾을 수 있나봐라 어디. 그런데 너는 뭘 더 바라는 거냐? 얘야, 왜 넌 부모 생각은 하지 않는 거니. 너는 너 자신만을 위해서 살고 있는 게 아니잖니. 네가 돌이 되던 날 아버지는 응옥을 치었다. 그런데도 그 애

어머니는 아무런 원망도 없이 오히려 아버지한테 부탁을 했지…
그러고서 일심으로 남편 제사를 모시면서 응옥의 동생을 키웠
어…” 토아는 고개를 저었다. “아버지는 무슨 그런 이상한 비교를
하세요? 그 두 얘기는 서로 아무런 상관도 없잖아요.” 아버지의
눈가에 낀 눈곱 위로 물방울이 고여 있는 것을 보고서 토아는 언
제나처럼 애처로운 마음이 들기 보다는 갑자기 짜증이 났다. “아
버지는 늙었어요. 우리를 전혀 이해하시지 못한다고요.” 어머니
는 한참동안 망설이다가 그제야 작은 소리로 말했다. “너는 늘 친
구, 친구하는데 남편이 널 버리지 않은 게 복이지, 뭣 때문에 별
거를 하겠다는 거니? 이럴 줄 알았으면 네가 열세 살 때 절에 팔
아버릴 걸, 네 인생이 더 편안했을 줄 알게 뭐니. 너를 다시 데려
와서 이렇게 네가 남편에 대해 불평불만을 늘어놓게 했으니 나랑
네 아버지가 무슨 얼굴로 사람들을 보겠니.”

토아는 고개를 흔들며 아무런 말도 하지 않은 채 방으로 올라
가 다리를 쭉 뻗고 누워 책을 읽었다. 사실 책이 눈에 들어오지도
않았다. 그저 귀찮았다. 엄마는 원래 모든 걸 감수하는 여자라고
말할 수밖에 없다. 사람들이 더 이상 애정이 남아 있지 않아 자발
적으로 떠받들지 않는다면 본분은 곧 감당할 수 없는 무게의 짐
덩어리가 될 것이다. 며칠 전, 토아는 여행 가방을 끌고 딸과 함
께 찾아와 비의 방에서 지내고 있다. “아버지랑 엄마가 쫓아내시
면 나가서 방을 얻어 지낼게요. 그 사람 집으로 다시 돌아가지는

않을 거예요." 투언 부인은 두 손을 앞으로 모으고 있었다. "아버지랑 엄마는 그저 살아있는 너희에게 절만 하지 않았다 뿐이지." 토아가 소리쳤다. "어, 엄마도 참 이상하네요. 여기서 지낼 수 없다면 헤어져요. 요즘 같은 때에 그게 뭐가 끔찍하냐고요. 거기에 계속 있다가 더 이상 견딜 수 없어져서 어리석은 짓이라도 저지르고 부끄러워할까봐 무서워서 차라리 미리 피하는 게 더 낫겠다 싶은 거라고요." 그녀는 딸아이를 할머니 손에 떠밀어놓고서 옷장에 옷을 거는 일에 집중했다. 할머니와 손녀는 손을 잡고 나갔다. 두 눈엔 눈물이 어렸다.

토아가 말했다. 어제 그 사람이 내 휴대폰에 있는 문자를 검사하기 시작하는 거야. 아무것도 없는 것을 보고서 그는 멍청한 얼굴로 힘없이 주저앉더라고. 내가 차근차근 말했어. 나한테 남자 따위는 없어요. 단지 당신을 더 이상 사랑하지 않을뿐더러 지독하게 싫증이 났을 뿐이라고요. 남자가 있으면 오히려 좋겠네요. 비가 놀랐다. 그럼 후이 오라버니는? 토아는 그저 친구일 뿐, 조금 더 하자면 정신적인 의지처일 뿐이라며 고개를 저었다. 외국에서는 아내가 동의하지 않았는데 남편이 관계를 강요하기 위해 무력을 사용했을 경우 아내가 고소장을 던질 수 있는 거냐고 토아가 물었다. 자기도 그렇게 들었다고 비가 말했다. 토아가 주절주절 말했다. 무슨 남자가 그렇게 지독한지. 돈을 벌어도 쓰지를 못한다니까. 그냥 꺼내서 쳐다보고 세고 또 세고 하는 것만 좋아

한다고. 집은 쥐구멍 같아가지고 수리 좀 하자고 하면 이 정도면 훌륭하다는 거야. 에어컨은 전기 많이 쓸까봐 겁나서 못 사면서 세탁기는 과시하려고 들여놨지. 마누라가 세탁기에 옷가지를 집어넣으면 불이 났거나 도둑이라도 맞은 것처럼 소리를 질러. 마누라가 옷을 살라 치면 졸졸 쫓아가게 해달라고 하고서는 옷이 모두 비싸다고 난리야. 안 예뻐. 내가 사줄 테니까 그냥 둬. 마누라가 하나를 하면 꼬치꼬치 물어보는데 감히 방해하지는 못하면서 얼굴은 계속 잔뜩 부어 있어. 쳐다보면 오싹하다고. 비는 눈을 동그랗게 뜨고서 언니가 하는 소리를 듣더니 콧등을 찡그렸다. 그럼 아버지, 엄마한테 그렇게 계속 고집스럽게 사위 편을 들지는 말라고 확실하게 말해야지. 역시 소용없다며 토아가 웃으며 말했다. 아버지, 엄마는 말하겠지. 그 사람이 절약을 하는 게 다 누구 때문인데! 도박, 술 안하고 남녀 관계도 없으니 그걸로 최고지. 최고라고 사랑할 수 있는 건 아니잖아. 근데 나 때문이기도 해. 그땐 사람 볼 줄을 몰랐지. 그 사람이 감언이설 하는 걸 보고 바로 넘어갔으니 말이야. 지금은 이렇게 진퇴양난이네. 넌 이해하겠니? 매번 그 인간이 내 몸을 건드릴 때마다 난 너무 무서워. 그럼 같이 어떻게 살아? 만일 그 인간이 요구하지 않는다면 한 집안의 남매처럼 우리 애를 생각해서 견딜 수 있을 거야. 토아는 옷을 걷어 올렸다. 양쪽 갈비뼈와 가슴, 어깨 부위에 울금처럼 진한 노란색의 물린 자국이 가득했다. 비는 언니를 껴안았다. 앞으로 어찌 될지 모르겠네… 누가 감히 예상이나 할 수 있겠어… 감히 결혼을 할 수 없을지도 몰라. 토아는 슬픈 미소를 지었다. 그렇게 비관적으로 생각하지 마. 살다보면 아직 사랑할 만한 사람들이 수두룩하다고. 내가 만약 후이, 그 사람을 일찍 만났더라면 얘기가 완전히 달라졌을 거야. 근데 그때 그 사람은 어디에 있었던 걸까? 비가 말을 막았다. 시간을 돌릴 수도 없는데 후회하기는. 됐어, 계속 이렇게 잠시 떨어져 지내다가 '재결합'할 수 있을지 감정 상태를 지켜보자고. 토아는 눈물을 흘렸다. 그럼 너는 내가 가벼운 마음으로 이렇게 하고 있다고 생각하는 거니. 어떤 밤에는, 그 인간이 일을 끝내고 드르렁거리며 잠을 자고 있으면 나는 뒤척이며 하얗게 밤을 지새우면서 줄곧 내 인생을 다시 설계하고 싶다고 생각했는데 왜 그리 어려운 건지. 복잡하고 흐릿한 건지. 하지만 나도 내 인생에 책임을 져야지. 다른 사람을 위해, 다른 것들을 위해 살 수는 없잖아. 비는 급히 거울 앞으로 달려가 짙은 색깔의 립스틱을 집어 입술에 바르고서 두 입술을 오므렸다 벌린 후 거울 속의 자기 자신에게 살짝 미소를 지었다. 언니, 나랑 같이 여기에서 지내. 아버지가 화를 내도 이삼일이면 그만이야. 난 이제 가봐야 해. 나도 지금 내 인생의 설계도를 그리는 중이거든.

비는 몸을 흔들며 문밖으로 나갔다. 피곤해서 눈을 감으려는 순간, 토아는 여동생의 얼굴에 어린 빛나는 행복을 똑똑히 보았다. 사랑을 하고 있구나. 그녀는 머릿속에서 말을 했고, 자는 내

내 한숨 소리가 새어나왔다.

아담이 비에게 말했다. "날 너희 부모님께 소개해줘." 비는 한 동안 침묵하고 있다가 한참 만에 말을 했다. "지금은 아직 우리 집에 발을 들여놓을 때가 아니야. 우리 부모님이 둘 다 껍질을 홀딱 벗겨버릴 거라고. 아버진 자기 같은 미국인을 증오한단 말이야." 아담은 입을 다물었다. 그에게도 베트남 전쟁이 끝나고 집으로 돌아온 아버지가 있었다. 그의 아버지는 감히 이곳으로 돌아오지 못했다. 아들이 베트남 아가씨와 사귄다는 소식을 들었을 때 그는 아무런 말도 하지 않았다. 아담은 어느 미국 회사의 대표 사무소에서 일을 했다. 월급도 많이 받았지만 이곳에서의 생활비며 물가가 저렴해서 매우 살기 좋았다. 특히 하노이 여자는 좀 이해하기 힘들 때가 많기는 해도 아주 눈길을 사로잡았다. 아담은 비를 만나자마자 빠져버렸다. 키가 크고 머리와 눈은 검은데다 큰 입에 입술은 도톰하고 피부는 상아처럼 매끄러웠다. 비를 볼 때면 아담은 처음으로 절에 가서 느꼈던 감각이 떠올랐다. 동양의 신비로운 공간 속에 파묻히자 그는 갑자기 제단 가까이 다가가 부처님의 발꿈치를 만져보고 싶어졌다. 그렇지만 주저했다. 급작스러울까봐, 자신이 무례할까봐 두려웠다. 하지만 비는 진짜 뼈와 살로 이루어져 있고 그와 함께 웃으며 이야기도 했다. 아담도 자신이 잘생기고 사회적 지위도 있다는 걸 스스로 알고 있었다. 그래서 계속 쫓아다녔다. 처음에는 낙심할 때도 많았다. 하지만 베트남 식으로 말하자면, 그녀의 부적에 홀려 버려서 어떻게든 잊을 수도, 끝낼 수도 없었다.

쫓아다니는 건 어려웠지만 사귀게 되자 베트남 여자는 뜨겁고 진했다. 비는 주로 아담의 귀를 깨물며 속삭였다. "자기 피부는 왜 그렇게 하얀 거야? 나중에 아이가 생기면 그 애가 자기 코랑 피부를 닮기만을 바랄 뿐이야." 두 사람은 결혼식을 치르는 일에 대해 이야기했다. 하지만 비는 부모님에게 어떻게 이야기해야 할지 몰랐다. 특히 토아 언니의 일이 그렇다 보니 계속 우물쭈물할 뿐이었다. 하지만 사랑은 기다리고 싶지 않았다. 투언 영감은 목소리까지 변하도록 고함을 쳤다. "내 집에 다른 종자는 없어. 네가 이 집에 그 사람을 데려오려면 먼저 아버지를 칼로 베거라." 토아가 아버지의 어깨를 감싸 안았다. "우선 천천히 지켜보자고요 아버지. 저 애는 정말로 사랑하고 있다고요…" 투언 영감은 큰 딸의 손을 밀쳐냈다. "그럴 일은 절대 없어. 아이고 이런, 자식이란 게 말이야… 너희들 아느냐? 71년도에 빈린에 들어갔을 때 폭격을 맞았어… 죽을 고비를 넘기고 선착장으로 도망을 쳤는데, 청년돌격대 아가씨 아홉 명이 폭탄 세례를 받아 죽고 말았는데 옷이 갈가리 찢어져서 몸에는 천 조각 하나 남아있지 않은 거야." 그는 두 손을 들어 올린 채 근육을 떨었고 눈빛은 흐릿해졌다. "하얗고 부드러운 아가씨들을 한 명씩 팔에 안아 옮기면서 아버지는 속으로 기도를 했다. 만일 살아서 아내에게 돌아간다면 아가씨들이 이승에서 돌아올 곳이 있도록 전부 딸만 낳게 해달라고 말이야. 그러고 나서 평화가 다시 찾아왔을 때 아버지랑 어머니는 비랑 호아를 낳았던 거야. 비야, 아버지가 이제야 이 이야기를 너희에게 들려주는구나. 근데 너희들은 마음속으로 뭐 느끼는 것이 있느냐? 뭔가 느끼는 게 있을 텐데?" 투언 영감은 두 손을 들어 얼굴을 감싸고는 소리 없이 울었다. 주름진 두 눈두덩이에서 눈물방울들이 빠져나와 검게 그은 양쪽 광대 위에 고였다. 투언 부인은 당황해서 딸들에게 나가라고 손짓을 했다. 고개를 돌려 다른 쪽을 바라보던 토아는 자신이 잉여인간인 듯 느껴졌다. 비는 밖으로 뛰쳐나가 마당을 지나 거리로 나갔다. 풀어헤친 머리는 빗물에 흠뻑 젖은 채로 비를 맞으며 어디로 가야할지를 몰랐다.

***

뉴스는 아까 끝났다. 투언 영감은 비몽사몽 중에 앉아서 붉게 타오르는 숲과 떨어지는 폭탄 소리, 사람 몸에서 번쩍이는 불길을 꿈을 꾸듯 보았다. 무언가 머리를 세게 내리치자 그는 두 눈을 번쩍 떴다. 이마는 땀으로 흠뻑 젖었고 심장은 둥둥 고동을 쳤다. 텔레비전 화면은 허옇게 번쩍이면서 우우 울림소리를 냈다. 투언 영감은 허둥지둥 손을 뻗어 리모컨 버튼을 눌렀다. 집안이 갑자기 암흑 속에 잠겼다. 그는 더듬더듬 슬리퍼에 발을 꿰고 손으로 이리저리 만져가며 침대를 찾아 몸을 뉘었다. 잠은 어딘가로 사라지고 없었다. 그는 누워서 눈을 말똥말똥하게 뜨고 있었다. 곁에서는 아내가 아주 조용히 몸을 뒤척였다. 밤 열두 시가 다 되어서야 대문 잠그는 소리가 났다. 다른 때였다면 분명 그는 엉금엉금 일어나 아이에게 한바탕 설교를 하거나 충고를 하거나 또는 애원을 했을 것이고, 마지막에는 언제나처럼 그 늙은 몸까지 동원해 가며 딸아이가 정신을 차리도록 호소를 했을 것이다. 그런데 오늘은 낙심한 나머지 포기해 버렸다. 자신이 이 세상과 전혀 어울리는 것 같지 않았고 저 물결치는 흐름 밖에 혼자 서있는 것 같았다. 그는 기억을 되짚어 끊임없이 시간을 거슬러 갔다. 전쟁, 포탄, 죽음 그리고 그의 부대가 차례로 되돌아왔다. 멀면서도 가깝고, 가까우면서도 먼 것이 매우 이상했다. 그저 그 안에서만큼은 그도 온전히 자기 자신이었고 진정한 기쁨과 아픔을 느꼈다.

아침이 밝자 부인이 나긋나긋하게 말했다. "생각을 너무 많이 하면 몸이 축난다고요. 제 말을 좀 들으세요. 게 팔자는 게가 파고 사각게 팔자는 사각게가 파는 거예요." 그는 부인을 바라보았다. 결국엔 두 늙은이만 남았다. 그런데 그는 요즘 왜 그렇게 자주 걸핏하면 눈물을 흘리는 건지.

호아가 대문 밖에서 엄마! 엄마! 불렀다. 그녀는 그에게 인사를 하고서 어떤 나무가 심어진 화분을 힘겹게 정원 구석으로 옮겼다. 밖에서 잠깐 시끄러운 소리가 나더니 그녀가 즐거운 모습으로 다시 들어와 그에게 말했다. "친구네 집에 있는 배롱나무 화분을 얻어왔어요. 아버지, 정원 구석에 심어놓을게요. 엄마는 요즘도 엄마가 태어나던 날 이야기를 하잖아요. 외갓집 배롱나무에 진짜 예쁜 분홍빛 꽃이 피었었다고 말이에요. 엄마는 언제나 배롱나무에 빠져있죠. 언젠가 비 언니가 아이를 갖게 되면 엄마보다 못하지 않은 예쁜 여자 아기였으면 좋겠어요." 아버지가 가볍게 눈살을 찌푸리는 것을 보고 그녀는 우물거렸다. "왜 그러세요, 아버지? 나무를 심는 것도 선을 행할 수 있는 일이라고 말씀하셨잖아요. 지금은 왜…" 투언 부인은 눈을 들어 딸을 바라보며 그만하라는 신호를 보냈다. 호아는 위층으로 올라가면서도 만회를 하려고 애를 썼다. "아버지, 엄마, 그렇게 슬퍼하지 마세요. 언니들은 스스로 어떻게 해야 하는지 알 만큼 다 컸잖아요…" 말을 다 마치기도 전에 벌벌 떨며 고함을 치는 투언 영감의 목소리가 들려왔다. "입 다물어. 오리알 주제에 오리보다 영리하려 드는 게냐." 호아는 재빨리 방으로 들어가 버렸다. 문을 꽉 닫고 아무런 기척도 없이 엄마가 내려와서 밥 먹으라고 부를 때까지 나오지 않았다. 성인 셋이 세 방향으로 돌아앉았다. 토아의 딸이 철없이 말했다. 이모가 심은 나무는 이파리도 없고 꽃도 없고 너무 못생겼어… 호아가 큰소리로 나무랐다. 어린 게 뭘 알아. 아이고, 조카한테 그렇게 큰소리치지 마라. 불쌍하게. 부인이 말했다. 뭐

든지 기다릴 줄을 알아야 한단다 얘야. 영감은 여전히 한 마디도 하지 않았다. 호아는 일부러 국을 떠서 후루룩후루룩 요란스럽게 들이마시면서 생선을 맛있게 삶았다며 엄마를 칭찬했지만 아무도 동조하지 않자 서둘러 밥을 먹고는 오토바이를 끌고 나오며 세미나에 참석하러 학교에 다녀오겠다고 말했다.

세 자매는 침대 위에 되는대로 누웠다. 계속 이런 식이면 집에 들어오고 싶지 않다, 차라리 친구들이랑 기숙사에 들어가 버리는 게 낫겠다며 호아가 탄식했다. 토아의 딸이 마루 밑에서 소꿉놀이를 하다가 벌떡 일어나더니, 할아버지가 욕을 해서 할머니가 부엌으로 들어가 울었는데 왜 우냐고 물었더니 거미가 눈에 오줌을 쌌다고 거짓말을 했어요,라며 고자질을 했다. 저도 다 알아요. 토아가 아이의 머리를 껴안고 목과 볼에 뽀뽀를 하자 아이는 벗어나려 몸부림을 쳤다. 우리 모녀가 그 누구한테도 관리와 통제를 받지 않고 이렇게 사는 게 알고 보니 좋은 거였네. 너희들도 나중에 결혼할 때 본보기로 삼으라고. 나한테 너무 빠져있는 남자하고는 결혼하지 말란 말이야. 자유가 없어지거든. 자유 만세. 딸아이가 머리카락 끝을 조금 흔들며 뽐을 냈다. 어제 오후에 아빠가 와서 할아버지, 할머니랑 한참 동안 이야기를 했어. 할아버지가 엄마랑 나를 친할머니한테 쫓아 보내겠다고 말했어… 토아는 말문이 막혔다. 비가 한숨을 쉬었다. 아담이랑 나는 아마도 혼인신고를 하고 교회에 가는 걸로 끝일 것 같아. 언니랑 호아도 나랑 같이 가는 거야? 나 임신한 것 같아. 아이가 펄쩍 뛰며 박수를 쳤다. 임신했다는 건 아기가 있다는 거예요, 엄마. 신난다, 그럼 안아줄 여동생이 생긴 거네요. 호아가 황급히 손을 들어 조카의 입을 막았다. 조용히 해. 할아버지, 할머니가 알면 전부 다 죽는 다고. 아이도 손가락을 입에 대고 쉬쉬 하며 등을 구부리고 문밖 으로 나가 눈을 반쯤 뜬 채로 밖을 내다보았다. 당황한 호아 역시 피식 웃음을 터뜨릴 수밖에 없었다. 내가 엄마한테 잘 말해 볼게. 토아 언니는 비 언니랑 같이 드레스 맞추러 가줘. 소란스럽게 결 혼식을 하지는 않아도 진중하기는 해야지. 집에서 하든 회사에서 하든 신부 맞이도 제대로 해야 하고. 토아가 고개를 끄덕였다. 호 텔에 식사 예약도 좀 해야 하는데, 너 돈 있어? 비가 건성으로 대 답했다. 무슨 그런 쓸데없는 질문을. 나 외국 회사에서 일하잖아. 내가 돈이 없으면 누가 있겠어. 예전에 말이야, 오랜 친구였던 남 자애 하나가 놀러 가자고 해서 내가 대우빌딩 18층으로 데려가 서 커피를 마셨는데 있잖아, 그 친구가 움찔하더라고. 그 친구는 공무원으로 일하는 것만 좋아했기 때문에 기대는 데에는 익숙했 거든. 계산을 할 때, 아, 달러 계산이야, 아무렇지 않게 내가 지갑 을 꺼내서 돈을 지불했어. 그때 이후로 그 친구는 소식이 없더라 고. 얼마 전에 다시 나타나서는 메트로폴리스에 가서 밥을 사주 면서 말하는 거야. 그 일로 면목이 없어져서 멀리 나가 사업을 하 기로 결심했다고 말이야. 이제 돌아와서 자극을 준 선생님에게 감사 인사를 하는 거라고… 지금 이 이야기를 하고 있는데 왜 다른 이야기로 돌리냐며 토아가 살짝 나무랐다. 그러니까 호아에게 길을 알려주려고 내가 말하는 거잖아. 지금 시대에는 말이야, 자존감 있는 사람은 돈을 벌기 위해 도전하고 또 벌 줄을 알아야 한다고… 호아가 으스댔다. 이제 알았네. 네가 유능해서 베트남 남자들이 꺼리며 감히 따라다니지 못하니까 그 틈에 서양 남자가 배를 불린 거구먼. 비가 달려들어 주먹으로 치면서 간지럼을 태웠다. 너 내가 안 팔린다고 생각하는 모양인데. 그만들 해, 진지하게 상의 좀 하자,며 토아가 소리치고는 한숨을 내쉬었다. 전에 친구가 하락이수¹²를 보러 가자고 해서 갔었는데 내 감위수¹³는 전부 스스로 자신을 힘들게 하는 괘인데 언제쯤 사라질지 전혀 알 수가 없다고 점쟁이가 말하더라. 비야, 나중에 내가 너도 데리고 갈게. 근데 엄마한테 말하고 나서 누가 아버지한테 말하지? 세 자매 모두 갑자기 입을 다물었다. 근심이 얼굴에 역력했다. 어린 아이만이 무슨 일인지 이해하지 못한 채 날뛰며 소리를 질렀다. 결혼식 한다, 비 이모가 결혼식을 한다 랄랄라.

투언 영감은 한참만에야 등을 구부리며 일어섰다. 그의 몸은 지금 확실히 굽어 있었다. 비가 여행 가방을 들고 "아버지, 엄마, 저 갈게요."라며 공손히 머리를 숙이던 날, 영감은 침대 위에 몸

---

12 사주를 주역괘로 변환시켜 평생운의 흐름을 주역의 관점에서 고정시켜 보는 점술법.

13 상괘와 하괘가 모두 물을 뜻하여 대단히 위험한 운수.

을 구부리고서 앉아 있었다. 그의 입술이 움직였다. "됐으니까, 조상님들 제삿날에 와서 도리나 지키라고 해…" 딸은 여전히 고개를 숙이고 있었다. 여행가방 바퀴가 콕콕콕 벽에 부딪쳤다. 영감이 갑자기 벌떡 일어섰다. 하마터면 뛰쳐나갈 뻔 했다. 딸은 정원을 지나 문밖으로 나갔고 그는 자칫 목이 쉬도록 딸을 부르며 뒤따라갈 뻔 했다. 부엌에서는 작게 훌쩍거릴 뿐 애써 참아내는 부인의 울음소리가 들렸다. 영감은 침대 위로 무너지면서 눈을 꼭 감았다. 새하얀 아가씨 시신 아홉 구가 영감의 손 안에서 식어가고 있었다. 영감은 목구멍 속에서 가볍게 신음했다. 얘야!

　요즘 토아와 호아는 늦게 들어오는 일이 드물었다. 영감은 딸들의 마음을 이해했지만 왜인지 공허한 감정을 벗어날 수는 없었다. 그는 앉아서 비의 어린 시절을 세세히 떠올리곤 했다. 그 애는 영감이 가장 아끼는 딸이었다. 그 애가 열이 오르고 경기를 일으키던 밤, 그는 아침까지 밤을 지새웠다. 정신을 차린 아이는 "아빠, 제가 죽으면 아빠가 제일 걱정이에요. 근데 아빠가 그렇게 지켜주고 있는데 어떤 저승사자가 감히 저를 잡아가러 오겠어요"라고 말하며 그가 눈물을 쏟게 만들었다. 요즘 가끔 딸이 찾아오면 오래 머물지는 않았지만 영감은 그 애의 몸이 좀 굳어 있고 옷 아래로 배가 약간 볼록하게 차 있는 것을 눈치 빠르게 알아차렸다. 딸이 돌아간 후 영감은 부인을 불러 "저쪽 종자랑 사는데 뭘 알아서 보양을 하겠어"라며 다음번에는 어린 잉어를 사서 죽을 끓여 딸에게 주라고 조용히 말했다.

토아는 눈이 붉어져서는 아버지를 살펴보고 나서 엄마에게 속삭였다. 아버지가 느낌이 있어서 애를 졸이고 있나봐요. 비한테 무슨 일 있구나. 모녀가 나한테 숨기려는 거지? 토아가 와락 울음을 터뜨렸다. 비가 초음파를 했는데 태아에 이상이 있대요. 오늘 아침에 의사들이 상의해서 꺼내야 한다고 결정했어요. 남자 아이인데 칠 개월 가까이 돼서 달수가 적지도 않아요. 아담 그 사람은 안달복달 걱정하면서 미국으로 아버지한테까지 전화를 했다니까요. 투언 영감은 병원으로 달려갔다. 처음 보는 사위가 영감의 손을 꼭 잡고 흔들었다. 아버지, 비가 미국으로 가게 해 주세요. 저는 비를 아주 사랑해요! 영감은 완강하게 고개를 흔들고는 그 옛날 역시 B전장[14]에 있었던 사람이자 병원장인 교수의 방으로 돌진했다. 세 시간, 비는 수술대 위에 누워 있었고 그 세 시간 동안 영감의 일생이 일분일초 단위로 휘몰려 와 천천히 펼쳐졌다. 토아는 의사와 곧바로 친해져서는 수시로 분만실 가까이까지 왔다 갔다 하며 상황 보고를 했다. 안심하세요. '칼잡이 뚜언' 선생이 직접 손을 대면 아무 걱정할 필요가 없어요. 그 분은 이런 수술에 최고 권위자이거든요.

비록 교수는 "산모가 인플루엔자에 걸렸을 수도 있고 아버님

---

14 베트남 전쟁 당시, 위도 17도선 이남의 전쟁 지역을 이르던 말. 이에 대응하여 북부의 후방은 'A(후방)'라고 불렸다.

이 걱정하시듯이 전쟁 때 겪은 일 때문일 수도 있는데, 저희가 우선 지켜보고 자세히 검사를 해봐야 할 것 같습니다…"라며 아무것도 확정적으로 말하지 않았지만 투언 영감은 속으로 자기 때문이라고, 그 고엽제 때문에 자기 딸이 이 지경이 된 게 분명하다고 생각했다. 참지 못한 영감은 구석에 주저앉아, 덩치 큰 사위가 애타게 들락날락하며 흰 가운 입은 사람을 만날 때마다 붙들고 귀엽게 이 말 저 말 섞인 베트남어로 묻는 모습을 줄곧 바라보았다. 영감은 그를 증오하겠다고 생각했었으나 갑자기 마음속에서 모든 것들이 문득 풀어져 버리고 말았다. 자신의 의지와는 달리 그는 갑자기 애처로움을 느꼈다.

투언 영감은 영안실 근처를 배회했다. 발길을 멈출 수가 없었다. 그는 마지막으로 손자의 얼굴을 보고 싶었다. 영안실 노인은 머뭇거리다가 아기의 영혼이 따라붙을 수도 있으니 들춰봤으면서 가라고 말했다. 다 자라지 못한 아기의 몸을 껴안고서 투언 영감은 재빠르게 결정을 내렸다. 비를 돌보고 있는 아내와 딸들은 내버려둔 채 그는 가장 경험이 많아 보이는 쌔옴[15] 기사를 불러 그 작은 관을 품에 안고 집으로 돌아왔다. 기사와 영감은 함께 호아가 정원에 심어놓은 배롱나무 근처에 땅을 파고서 자그마한 아기를 묻었다. 바싹 말라 앙상했던 나무에 지금은 가지가 뻗고 파릇파릇한 작은 잎들이 나 있는 것을 영감은 이제야 알아차리게

---

15 오토바이 택시.

되었다. 그는 향을 한 개 피우고 속으로 기도를 했다. "응옥아, 아기를 보살펴 주거라."

비를 집으로 데려오면서 아담이 쭈뼛쭈뼛 말했다. 어머니, 아버지, 며칠 후에 저희 아버지가 오실 거예요. 저희 아버지 역시 행군할 때 잎이 전부 고사한 밀림 지역을 지난 적이 있다며 걱정하세요…

호아가 토아의 딸을 데리고 정원에서 달려 들어오며 말했다. 식구들 전부 나가서 보세요. 배롱나무 꽃이 정원 구석 가득 붉게 피어서 빛나고 있다고요.

그럴 수도 아닐 수도

이 반(Y Ban)

이 반 Y Ban | 소설가, 시인

이 반은 1961년 남딘에서 태어났다. 본명은 팜 티 쑤언 반이다. 1982년 하노이 종합대 생물학과, 1992년 응웬 쥬 문예창작학교를 졸업했다. 1984년부터 1989년까지 남딘의 료전문대학, 타이빈의대 강사를 역임했으며, 1994년부터 2016년까지 『교육과 시대』 신문의 기자, 부편집장을 지냈다. 현재 하노이 문학예술연합회 집행위원회 위원, 하노이 작가회 집행위원회 위원, 하노이 작가회 산문분과 주석을 맡고 있다. 소설 4권, 중편소설집 4권, 단편소설집 14권, 시집 1권, 미니 단편집 2권을 출간했다. 국내의 문학상 10개를 수상했다. 단편소설이 한국어, 러시아, 영어, 불어, 독어, 일본어, 폴란드어로 번역되었다.

그는 오랜만에 단지 미니 흑돼지 핏국[16]을 먹으려고 대략 이백 킬로미터는 떨어진 산간 마을에 들어가 형제들과 함께 둘러앉아 여유롭게 술잔을 주거니 받거니 하는 시간을 가졌다. 그곳 주인이 핏국을 아주 잘 만든다고. 걸쭉한 게 떠내는 대로 떠져서 림프액 한 방울도 절대 흐르지 않는다니까. 몇몇은 연쇄 구균을 걱정하면서도 묘족 영감의 논리[17]를 들이대자 결국 핏국 립스틱을 발랐다. 나뭇잎 곡주는 코가 둔해질 정도로 향기롭고 혀가 마비될 정도로 맛있었다. 배부르게 먹고 얼큰하게 마신 후 부드럽고 시원한 바람을 맞으며 남자들은 모두 땅바닥에 드러누워 드르렁 드르렁 코를 골았다.

그의 바지 주머니에 있던 휴대 전화가 벌벌 떨리더니 끝나지

16 익힌 고기에 살아있는 동물의 피를 부은 후 굳혀서 먹는 음식.

17 베트남의 소수 민족 중에서 묘족은 말을 잘하는 것으로 알려져 있다.

않을 것처럼 길게 벨을 한 번 울리면서 그를 열반에서 이 세상으로 곧장 끌어내렸다. 그는 술에 취해 흐느적거리는 목소리로 말했다. 여부세요, 무슨 일인데. 그러고는 벌떡 일어섰다가 맥없이 쓰러졌는데 콧구멍에서는 채 소화되지 못한 돼지 핏국이 덩어리째 뿜어져 나왔다.

전우들은 엉금엉금 몸을 일으키고 어리둥절해 엉금엉금 몸을 일으켰다가 깜짝 놀라 어찌할 바를 몰랐다. 누군가는 구급차를 불렀고 누군가는 그를 안고 몸을 문질렀다. 그는 휴지를 집어 쏟아져 나오고 있는 코피를 깨끗이 닦고 나서 주인에게 얼음물 한 잔을 달라고 했다. 그는 얼음물을 천천히 마셨다. 그에게는 쉽게 질식하는 질병이 있었다. 큰 잔에 담긴 물을 다 마시고 나서 그가 사람들에게 말했다.

"미안합니다, 형제님들. 먼저 가볼게요. 우리 집에 일이 있다네요."

무슨 일이냐고 묻자 그는 단호한 태도로 입을 다물었다. 가장 친한 친구가 조용히 그의 아내에게 전화를 걸었다. 사태가 파악되자 그를 집에 데려다 주기 위해 즉시 형제들 모두에게 자리를 파하자고 이야기했다.

날이 어두워 상대의 얼굴이 분간되지 않을 무렵 그는 집에 돌아왔다. 키도 덩치도 큰 남동생이 아버지 방에 있는 160 cm짜리 침대를 가득 메우며 누워있었다. 여전히 인민일보를 손에 쥐고 있던 아버지는 그가 돌아오는 것을 보고서는 꾸중을 했다.

"아니, 어디 있다가 이제야 들어오는 거냐."

그는 아무런 말도 하지 않은 채 서둘러 이층으로 올라가 침실 문을 밀었다. 그의 아내는 이불을 뒤집어쓰고 끙끙 앓고 있었다.

"나 당신네 식구들 상관 안 할 거예요. 아무것도 안 할 거라고요. 당신한테도 상관 안 할 거예요. 당신 하고 싶은 대로 해요. 난 더 이상 절대 아무것도 안 할 거니까."

그는 아내를 품에 꼭 끌어안았다.

"내가 사과할게. 진정해. 당신은 아무것도 할 필요 없어. 내가 다 할게. 내가 다 할게."

그의 아내는 엉엉 울음을 터뜨렸다. 울면서 주절주절 말했다.

"삼촌은 왜 그렇게 못된 거예요. 집도 있고 절도 있고 마누라도 있고 자식도 있으면서 왜 자기 집에서 죽지 않고. 당신이 너무 고생스럽잖아요. 당신이 어머니도 챙겼고, 아버님도 돌보면서 어느 형제한테 한번 도와달라고 하길 했어요. 이제 와서 자기가 살기 싫으면 왜 길바닥이나 시장바닥에서 죽지 않고, 강이나 바다에서도 죽어 버리지 않고 형네 집에 와서 목을 매냐고요. 왜 이렇게 힘든 거예요, 사는 게 왜 이리 힘든 거냐고요."

"여보, 내가 미안해. 진정해. 아니면 장모님 댁에 가서 마음 좀 식히고 오던가. 내가 다 처리할 테니까. 내가 할 수 있어."

"아니, 그 위에서 뭐가 그렇게 시끄러운 거냐. 다 내려와 보거

라. 내가 할 말이 있으니." 그의 아버지가 일층에서 올려다보며 말했다. "빨리 이리 내려와 봐."

나 혼자 내려갈 테니까 당신은 여기 가만히 있어, 그가 아내에게 속삭였다.

"저도 당신이랑 같이 내려갈 거예요." 그의 아내는 본래의 의지와 책임감을 되찾았다.

그의 아버지는 소파에 앉아 부부를 기다리고 있었다.

"일은 이미 벌어졌다. 물이 넘친 것과 같아. 우리는 둑을 쌓아야 한다. 너랑 나의 명예는 지켜야 하니까 이 일이 밖으로 퍼지게 해서는 안 돼. 관에는 쟤가 갑자기 죽었다고 말하자고. 우리 집에 놀러 와서 자다가 죽었다, 그냥 그렇게 말이다. 아까 네 처가 발견하고서 끈을 끊고 쟤를 끌어내렸다. 나랑 네 처랑 둘이서 쟤를 들어서 내 침대로 옮겼어. 내가 저 끈은 전부 잘라내서 없애라고 했는데 네 처가 말을 안 듣고 저렇게 그대로 놔두었구나."

"남편이 돌아오면 어떻게 할지 상의해서 결정하려고 그랬어요, 아버님."

"그러니까 네가 결정해라. 결정할 거면 반드시 내 의견에 따라 결정해야 한다."

그는 말없이 수화기를 들고 비서에게 전화를 걸었다.

"아, 깜빡할 뻔했네. 쟤를 내 침대에 눕히고 나서 쟤 몸을 만져보다가 이걸 발견했어. 쟤가 너한테 보내는 편지다."

그는 떨리는 손으로 종이를 펼쳤다.

푸 형님

제 장례식은 간소하게 치러 주세요. 화장이 끝난 후에는 어머니 옆에 눕게 해 주시고요. 만일 저승이 있다면 형님과 형수님, 조카가 건강하고 돈도 많이 벌고 사고도 피할 수 있도록 지켜드릴게요.

쩜 형수님, 액운이 들지 않도록 끈은 자르지 말고 풀어 주세요, 형수님.

안녕히 계세요, 형님, 형수님.

서명.

아우 뀌 올림.

그는 아버지 방으로 들어가서 동생을 내려다보고는 얼굴을 가리고 흑흑 울었다.

그의 비서인 쭝이 왔다. 그의 아내가 방을 가리켰다.

"지금 삼촌이랑 같이 저 안에 있어요."

쭝은 문을 밀고 들어가 상사가 얼굴을 가리고 울고 있는 모습을 잠시 말없이 바라보다가 그를 끌고 밖으로 나왔다.

"사장님, 상황이 우리가 생각하는 것보다 복잡합니다. 그는 주민등록이 다른 곳에 되어 있어요. 다른 성에요. 아프지도 않고 병도 없는데 갑자기 죽었고요. 사람들이 시신을 검시하자고 할 거예요. 만약 의심스러운 점이 있으면 부검을 해야 할 거고요. 살인이 아니어야 사망신고서가 발급됩니다."

"갑자기라니 뭐가 갑자기야. 저걸 보기는 했나?"

계단 아래에 매달린 하얀 나일론 끈을 보고서 중의 얼굴이 하얗게 질렸다.

"그럼 일이 커집니다, 사장님."

"커지긴 뭐가 커져, 자, 여기 유서."

"네, 제가 경찰에 알리겠습니다."

"이봐, 애비야!" 그의 아버지가 포효했다. "내가 그렇게 이야기를 했는데 내 말을 안 듣는 거냐. 왜 경찰에 알려. 내가 말했잖냐. 그냥 조용히 처리하자고. 너는 구급차를 불러서 곧장 영안실로 싣고 가거라. 그러고 나서 때가 되면 그대로 데려가서 묻어. 죽은 사람은 진짜로 죽은 거지 가짜로 죽은 게 아니잖아. 지금 네가 경찰에 알리면 세상 사람들 입이 열 배로 백 배로 소문을 부풀린다고. 내가 그동안 이루어 놓은 가문의 도가 전부 와르르 무너져 버릴 거란 말이다."

"아버지, 동생은 진짜로 목을 매서 죽었어요. 끈이 저기에 그대로 있잖아요. 상관이 있다면 제 집사람이 상관이 있겠죠. 그 사람이 처음 발견해서 끈을 잘랐잖아요. 저 사람한테 상관이 있을 거라고요."

"제가 아버님께 설명해 드리겠습니다." 쭝이 그에게 말했다.

"아버님, 사정이 이렇습니다. 법에 따르면 사망확인서 내지는 사망신고서가 있어야 제대로 매장을 할 수가 있습니다. 뀌 씨는 주민등록이 이곳으로 되어 있지 않습니다. 그래서 관 사람들이 구체적으로 어떻게 죽은 건지 알 수가 없으니 사망증명서를 발급해 주지 않을 겁니다. 뀌 씨는 병원에서 죽은 것도 아니고 집에서 갑자기 죽은 거라 경찰이 집에 와서 조사할 수밖에 없습니다. 조사했는데 확실하지 않은 게 없다면 그쪽에서 검안서를 동사무소 쪽에 보낼 거고 그제야 동사무소에서 사망확인서를 발급해 줄 겁니다."

"아, 그런 거였나. 이제 완전히 터져버려서 더 이상 수습할 수 없는 상황인거군."

경찰이 시신을 검시하고 있는 동안 그의 아내가 스님을 모셔왔다. 그는 한 자리에 앉아서 줄창 담배만 피우고 있었다. 그의 아내는 분주히 여기저기 뛰어다녔다. 그녀는 시동생에게 입힐 새 옷 한 벌과 조끼, 넥타이, 서양식 구두를 사왔다. 그리고 시동생을 씻기려고 오향분을 끓였다. 그리고 나서 차를 불러 시신 안치실로 보내고 긴한 시간을 기다렸다가 부고를 냈다.

증거 물품인 끈과 유서는 경찰이 가져갔다.

집이 무덤처럼 아주 썰렁했다.

그의 아버지는 막내아들이 빠져나간 자리 위에 누워 옆에 있는 인민일보를 손에 꼭 쥐고 있었다. 그의 아내는 대야에 주엽나무 열매를 넣고 불을 붙여 시아버지 방으로 가져갔다.

"아버님, 나오셔서 소파에 잠시 누워 계시거나 마이 방에 올라가서 쉬고 계세요. 이 방에 음기가 가득해서 아버님이 병이라도 나시면 큰일이에요."

그녀의 말에도 아랑곳없이 영감은 가만히 누워서 인민일보로 얼굴을 덮었다.

그녀는 자신의 말이 시아버지 귀에 먹히지 않는 것을 보고서는 슬리퍼를 끌며 나가버렸다.

"얘" 시아버지가 짧고 다급하게 불렀다. "주엽 대야 가져가거라. 자식이 어리석은 건 부모 책임이라지 않더냐. 그 애가 빠져나간 자리에 누워 생의 냉기에 잠겨 있었다. 진심으로 미안하구나. 네가 우리 집에 시집 와서 고생이 너무 많아. 나를 챙겨줄 필요는 없다. 나는 늙었어. 스스로를 챙길 줄 안다. 그 애를 좀 챙겨 주려무나. 푸 녀석 말이다. 그 애가 너무 안 돼 보여. 자식 넷 중에서 제일 착한 녀석이잖니. 그렇게도 착한데 왜 고생 하는 건지."

그녀는 공연히 매를 맞은 것처럼 억울해하며 울었다.

"저희 걱정을 해 주셔서 감사합니다 아버님."

그는 여전히 방구석에 앉아서 담배를 피우고 있었다. 아내가 밥그릇을 들고 와 손에 쥐어주었다.

"조금이라도 먹어봐요. 아직 챙겨야 할 일이 많이 남아있다고요. 제가 숙모랑 조카들한테 연락을 할게요. 숙모가 일처리를 하고 싶어 하면 삼촌을 집으로 데려가게 하자고요. 형 집에서 아무리 잘 챙겨준다고 해도 자기 집만 하겠어요."

"됐어. 급하게 연락하지는 마. 내일 아침에 해도 늦지 않잖아. 오늘밤은 생각 좀 하게 조용히 있고 싶다고. 이야기나 좀 다시 해봐요. 어떻게 됐다고?"

"아침 아홉 시에 삼촌이 와서 그러더라고요, 아버지랑 형이랑 형수님을 보러 왔다고. 저는 장을 봐와 밥을 했죠. 점심 때 상을 차려 세 사람이 즐겁게 이야기를 나누며 먹었어요. 삼촌은 먼 곳에서 일하는 게 너무 힘들다며 곧 집으로 돌아갈 거라고 하더라고요. 저도 처자식이 있는 집으로 돌아가라고 삼촌에게 권했어요. 땅이 많으니까 채소도 심고 돼지랑 닭도 놓아먹여 여기 가져오면 내가 팔아주겠다고요. 삼촌이랑 아버님이 옛날이야기를 했어요. 밥을 다 먹은 후에 제가 삼촌더러 조카 방으로 올라가서 한잠 자라고 했더니 삼촌은 속 얘기 좀 하게 아버지랑 같이 눕겠다고 하더라고요. 저는 방으로 올라와서 한잠 잤죠. 간밤에 당직을 서서 졸렸거든요. 두 시가 다 되어 일어나서 아래층으로 내려갔다가 삼촌이 계단 아래에서 무릎을 꿇고 있는 모습을 본 거예요. 저는 울부짖으면서 가위를 찾았어요. 끈을 자르고 나서 삼촌을 바닥에 눕혔죠. 삼촌은 얼굴은 평안했고 입은 꼭 다물고 있었어요. 삼촌한테 인공호흡을 했어요. 아버님도 도와주셨고요. 제가 심장에 곧바로 아드레날린을 주사했어요. 삼십 분 동안 응급조치를 했지만 살아날 기미가 보이지 않았어요. 아버님은 저한테 당신에게만 전화를 하고 구급차는 부르지 말라고 하셨고요."

"당신한테 고맙네. 우리 집 며느리 노릇하기 너무 힘들겠어."

"아까 아버님도 저한테 그렇게 말씀하셨어요."

"말해봤자 당신 기분만 안 좋을 것 같아서 당신한테 이 이야길 숨겼었어. 동생은 재산을 다 잃었어. 이미 오래 전에 재산이 다 넘어갔다고."

"왜요? 무슨 일을 했길래 집이랑 재산이랑 전부 넘어갔어요?"

"도박."

"아이고, 저런. 그럼 처자식은 어디에 있고요?"

"셋방살이를 하고 있어. 그 애 처가 싫증이 나서 떠난다고 했대."

"어쩐지."

그의 부모는 아들 넷을 두었다. 주위 사람들은 네 기둥이 반석처럼 튼튼하겠다고 말했다. 그의 아버지는 전쟁과 관련된 일을 했다. 젊어서는 총을 들고 조국의 신성한 국경을 수비했고, 중년에도 여전히 총을 들고서 아름다운 제도를 수호했다. 예순 살에 은퇴 후 집안의 도를 지키고 있다.

그의 어머니는 순수 농가의 여자였다. 그녀는 정산을 할 때마다 손가락으로 셈을 하지 않기 위해 '까막 형제 교실(문맹 퇴치 교실)'만

겨우 마쳤다. 그녀는 혼자서 무능하고 덜 여문데다 솥째 밥만 축내는 아들 넷을 길렀다. 아이들은 마을에 있는 학교에 함께 다녔는데 두 녀석은 공부를 못했고 두 녀석은 잘했다. 후에 네 녀석 모두 마을을 떠났다. 큰아들은 무위도식하는 무리에 들어가 떠돌아다녔는데, 기어 들어가는 곳이 집이요, 쓰러지는 곳이 침대였다. 공부를 잘하는 둘째 아들은 서양으로 간 후 그곳 사람들의 빠다와 우유에 중독되어 어머니 품으로 돌아오는 길을 잊어버렸다. 솔직히 말하면, 그건 재산을 버리고 사람을 건진 탈출이었다. 선량한 셋째 아들은 유능한 엔지니어로 작은 벽돌 공장 사장이었다. 아내는 의사지만 한 가지 부족한 점은, 높고 넓은 집은 사위 차지가 될 것이고 산해진미는 외손주가 먹게 될 것이었다. 그에게는 외동딸이 있었는데 역시 공부를 잘해서 그쪽에서 유학을 하고 있다. 넷째 아들은, 도박, 여자, 술 등 그야말로 모든 재능을 다 갖추었다.

그는 갑자기 장남이 되었다. 그의 아버지 역시 꾸 씨 가문의 장남이었다. 그의 집 제단에는 조상의 위패가 놓여 있는데 이것은 그의 가문이 조상의 근간을 지킬 수 있는 매우 전통 있는 가문이라는 것을 증명했다.

그의 큰형이 수감되었을 때 아버지는 군에서 돌아와 누구와도 상의하지 않고 말없이 곧바로 아내와 함께 조상의 위폐를 그의 집으로 옮겨 버렸다. 그러고 나서 선언했다.

"꾸 씨 가문의 조상님들을 대표해서, 넛 녀석의 우리 가문 장자 지위를 박탈한다. 느억 녀석은 서양 사람들이 이루어놓은 영광의 부스러기를 먹었으니 역시 제사를 지낼 복을 누릴 자격이 없다. 이제, 조상님께 제사를 올리고 꾸 씨 가문의 복덕을 지키는 일을 셋째 아들인 꾸 티엔 푸에게 맡긴다."

그의 어머니가 아직 살아 있을 때는 매년 그녀가 주도해 여덟 번의 제사상을 차려야 했다. 설날 그의 집은 마치 마을 축제와도 같았다. 시골에 사는 친척들이 예물을 들고 그의 집으로 올라와 고조부모, 증조부모, 조부모, 큰아버지, 큰어머니, 작은아버지, 작은어머니 등 조상에게 향을 올렸다. 가난한 시골의 예물들은 사치스러우면 거세닭과 찹쌀 몇 킬로그램이었고, 그렇지 않으면 옥수수, 카사바였다. 멀리에서 온 손님들은 향을 바친 후 절대 바로 돌아가지 않고 컨디션이 좋을 때는 적어도 하루 동안 머무르며 두 끼를 먹었다. 손님을 배웅할 때는 선물로 최소한 편도 차표에 녹봉이라 부르는 떡 꾸러미를 얹어 주었다. 몸이 아픈 손님은, 대다수가 몸이 아픈 손님이었는데, 그런 손님은, 조상에게 향을 올리러 와서 진찰도 받으러 갔다. 이 행사의 주인공인 그의 아내는 부탁을 들어주느라 동분서주했다.

그의 아버지는 설이 되면 자주 휴가를 나왔다. 아들, 며느리가 선량하고 친절하다고 고향 친척들에게 칭찬을 들을 때면 그는 고향 사람들 앞에서 얼굴이 활짝 피었다. 누군가 경솔한 사람이 나머지 세 아들에 대해 물으면 그는 분명히 말해 주었다.

"느억 녀석은 미국의 큰 대학에서 공부를 가르치는 교수야. '예이'대학교 말이야. 덧 녀석은 나랑 같은 일을 하고 있는데 비공개 분야에서 활동하고 있어서 수시로 나타나면 안 돼. 뀌 녀석은 남쪽 지방에서 복권 관련 일을 하는데 어쩌다 한 번씩 다문다문 집에 다녀가지."

순박한 고향 친척들은 대령 영감이 하는 말들을 덮어놓고 믿었다. 고향에서 누군가 그의 집안에 대해 무슨 말이라도 하면 늘 고상한 미사여구들뿐이었고, 그의 집안에 대해 언급하는 사람은 감히 논[18]도 쓰지 못한 채 벗어서 공손하게 배 위에 얹어서 들고 있어야 했다.

그의 어머니가 돌아가신 날부터 아홉 번의 제사는 그의 아내가 짊어져야 했다. 신경 계통의 의사 직업은 돈을 긁어모으는 직업임에도 그녀는 돈을 줍기 위해 허리를 구부리지 않고 싶어 할 정도로 시집을 위해 희생했다. 보물을 가진 그는 매일 밤 아내를 꼭 끌어안고 속삭였다. 당신을 사랑하고 너무 고마워.

아버지가 결정한 대로 그는 뀌의 아내와 아이들에게만 알리고 시골에 있는 친척들에게는 전혀 알리지 않았다. 그 역시 뀌의 장례식은 간소하게 해야 한다고 생각했다. 뜻하지 않게 그는 몇 번이나 뒤로 자빠졌다.

---

18 각종 잎사귀를 작은 삿갓 모양으로 이어붙여 만든 전통 모자. 주로 햇볕이나 비를 가리는 용도로 사용되며 부채나 그릇 대용으로 쓰이기도 한다.

갑자기 낯선 번호로부터 전화가 왔다.

"푸 오라버니, 저 뀌의 전 여자 친구였던 투이예요. 뀌의 아내가 전화해서 뀌가 죽었으니 저희 모자더러 가서 장례를 치르라고 하더라고요. 근데 오라버니랑 어르신 의견을 여쭙고 싶어서요. 제가 아들을 데리고 가서 애 아버지 장례를 치러도 되는지 말이에요?"

온갖 재주를 다 갖춘 남동생 주위에 늘 여자들이 들끓었던 건 그도 알고 있었지만 이렇게 밖에 아이가 있다는 건 미처 알지 못했다. 잠시 생각을 하더니 그가 말했다.

"우리 집에서는 동생이 밖에 아이가 있다는 건 전혀 몰랐는데, 아이는 아들이에요, 딸이에요? 몇 살인가요?"

"아들이에요. 올해 스물다섯 살이고요."

그의 마음속에서 갑자기 기쁨의 환호성이 터져 나왔다. 아들이라고? 적장자다. 꾸 씨 가문의 상주로서 지팡이를 짚어줄 녀석, 제사를 지내줄 녀석이 여기 있었구나. 하지만 자그마한 직위를 가진 자의 도리로, 그는 환호성을 억누르고 따뜻한 목소리로 말했다.

"우리 가족은 동생에게 아들이 있고 그 아이가 그렇게까지 크다는 건 몰랐네요. 모르는 상태라 왕래하며 아이를 돌봐주지도 못했으니, 지금은 단둘이 의지하고 있겠군요. 집안에서 감히 요구할 수는 없어요. 몰랐다면 잘못이 없겠으나 알았으니 아이가 오지 않더라도 저는 아이를 위해 장례 두건을 마련해 둘 거고 아이를 집안 조카로 대하겠습니다."

"그렇게 말씀해 주시니 저희 모자 마음이 편해지네요. 아이를 데리고 가도록 하겠습니다."

그는 서둘러 아버지에게 알리지는 않았다. 도박 같은 인생을 어찌 알겠는가. 온갖 형상들이 유리문을 획획 스쳐가는, 목적지를 정하지 않은 차편과도 같은 사연들 속에서 몇 번이나 회한이 밀려왔는지 모른다.

염을 하고 장례를 시작하기 약 삼십 분 전에 그의 집에 손님이 왔다. 여자 한 명과 키가 크고 건장한 청년 한 명이 집으로 들어왔다. 모든 시선의 중심이 그 청년에게로 향했다. 그와 아버지는 선 채로 죽은 듯 말이 없었다. 젊은 날의 꿔 녀석이었다. 청년은 쭈뼛쭈뼛 웃으며 할아버지와 큰아버지에게 차례로 인사를 했다. 청년의 팔을 꽉 붙잡고 눈물을 흘리는 바람에 그의 아버지 얼굴이 흠뻑 젖어버렸다.

그는 아버지의 심정을 더 이상 이해하고 싶지 않았다. 분명 그것 역시 그의 심정과 같을 것이었다. 그는 고개를 돌려 여자를 바라보았다. 개성이 있고 정신력이 강한 사람인 것 같았다.

"위층에 짐을 가져다 놓고 잠깐 좀 쉬세요."

"고맙습니다. 저희 모자는 가까운 곳에서 살고 있어요. 먼 길을 온 것도 아닌데 피곤하기는요."

"그럼 우리 시간 맞춰서 장례식장에 가봐야 할 것 같은데."

그의 아버지는 갑자기 생각을 바꿔 반드시 장례식장으로 가서 아들의 장례식에 참석하자고 했다.

꿔의 장례식은 예상대로라면 한 시간 조금 넘게 진행되는 것이었지만 조문객이 입추의 여지 없이 붐비는 바람에 뜻하지 않게 두 시간 이상 길어졌다. 장례식 방명록 기록에는 조문을 온 단체와 개인이 백 곳이 넘었다.

쯔엉 하이 녀석이 지팡이를 짚고 조문객에게 답례를 했다. 그 애의 엄마는 장례 두건을 두르지 않았다.

결과적으로 관을 따르는 차량이 열 대나 길게 늘어설 정도로 거창한 장례식이었다. 그의 아내는 언제나 일을 담당하는 여성이었다. 전날 밤에 그녀가 꿔의 장례식 조문객들에게 주려고 부드러운 햄을 넣은 찹쌀 주먹밥 오십 인분을 주문하겠다고 했다. 그렇게 많이 해서 결국 버리려고, 몇 명이나 온다고,라며 그는 궁시렁거렸었다. 그런데 예기치 않게 딱 맞아떨어졌다.

그는 나무 그루터기에 주저앉아 담배를 피웠다. 각자 사방으로 흩어져 화장을 기다렸다. 그의 아내는 어딘가 잠시 다녀오더니 그의 곁에 앉았다.

"담배 조금만 피우세요. 끼리끼리 모인다고, 꿔 삼촌 친구들 말이에요, 저기 트럭 짐칸에서 내기 도박을 하고 있네요."

검은 옷을 위아래로 차려입은 뚱뚱한 여자 하나가 부부가 앉아 있는 곳으로 와서 말을 걸었다.

"두 형제가 하나도 닮은 구석이 없네. 나는 뀌네 옆집 사는 사람이에요. 우리는 아주 친했다우."

"아, 알겠네요. 남편분이 폴리스죠?" 그가 물었다.

"아니요, 내 남편은 경찰이에요."

"뀌 그 애는 참 좋은 애였어요. 형제 귀한 줄 알고, 친구 귀한 줄 알았죠."

그의 아내가 갑자기 끼어들었다.

"삼촌은 그저 바깥 형제랑 친구들 귀한 거나 알았죠, 친형제들한테는 한결같이 힘들게만 했다고요."

"어떻게 그런 말을 입 밖에 낼 수가 있어요."

곧 폭발할 말다툼의 전조였다. 그가 팔짱을 끼고서 아내의 허리를 꼬집었다. 때마침 그때 그의 딸이 물 한 병을 엄마에게 가져다주었다. 딸은 작은아버지의 장례식에 참석하기 위해 집에 왔다. 그 애는 작은아버지를 좋아했다. 그도 그럴 것이, 뀌는 세상 놀거리들을 즐길 줄 알았고 자식과 조카들을 예뻐했기 때문이다.

뚱뚱한 여자는 뀌에 관한 이야기를 멈출 수 없었다.

"바로 요 일주일 전에 내가 온갖 말로 그 애를 타일렀는데. 똑바로 말했다가 뒤집어 말했다가, 심오하게도 말하고, 이성적으로도 말해 보고 정에도 호소해 보고, 타일러도 봤는데 그 애가 다 알아들은 줄 알았지. 아마 삼촌이 정말로 운이 다해서 이 지경이

된 것 같은데. 그래도 귀신같은 걸 무서워하지 않으니까 그럴 수 있었던 거지. 칠 년 전에 그 애 집 근처에서 어떤 녀석이 목을 맸는데 온 마을 사람들이 달려와서는 무서워서 벌벌 떨면서 오줌을 지리는데도 그 애만큼은 달려들어서 끈을 잘랐다우. 이제는 그 애가 보응을 했네."

"아이고" 그의 아내가 깜짝 놀라 외쳤다. "그럼 나도 칠 년밖에 더 못 살 거라는 얘기에요?"

그가 서둘러 아내를 일으켜 세웠다.

"가자, 가서 일이 어떻게 되고 있는지나 보자."

뚱뚱한 여자를 가리면서 그가 아내의 허리를 감싸 안았다.

"당신 저런 쓸데없는 말에 신경 쓰지 마."

"신경 안 쓰는 게 쉬운 줄 알아요? 당신은 그 장면을 직접 보지도 않았는데 어떻게 알겠어요. 그때 난 그저 남매 같은 애정으로, 삼촌을 빨리 내려서 아직 구할 수 있는지 없는지 보고 싶었을 뿐이었다고요. 아이들이 자기들 아버지한테 향을 피워 올리는 걸 잊어버리지나 않았는지 들어가 보세요. 저는 나가서 스님이랑 앉아 있을게요."

그의 아내는 망자의 혼을 온전히 보살피기 위해 장례식에 스님을 함께 모셔왔었다.

그는 장례식장 안으로 들어갔다. 꿰의 두 딸은 앉아서 전화기에 얼굴을 파묻고 있었다. 꿰의 아내는 입을 쩍쩍 벌리며 친구들과 수다를 떨고 있었다. 그리고 쯔엉 하이 녀석은 뀌의 영정과 향로 앞에 있는 의자에 앉아 있었다. 그는 하이 녀석 옆에 앉았다. 갑자기 아이가 그의 어깨에 머리를 기댔다. 그는 마음까지 움찔했다. 그는 아이의 머리를 감싸 안았다.

"피곤하니?" 그가 아이에게 물었다.

"아니요, 큰아버지. 아까 흐엉 아주머니가 저한테 그러더라고요. 아버지 제사를 지내길 원하느냐, 아줌마가 꽂힌 향을 모두 빼내고 향로를 보내줄 테니 아버지 제사를 지내라,라고요. 아주머니네 집에는 딸들밖에 없어서 아버지 제사를 지내기가 어렵대요."

"그래서 너는 흐엉 아주머니한테 뭐라고 말했니?"

"제가 그랬어요. 아주머니가 아내시니 아주머니 남은 본분은 아이들을 키우고 남편 제사를 지내는 거라고요. 아주머니가 재가를 하시거나 돌아가시면 제가 아버지를 모시고 와서 제사를 지내겠다고요."

그는 너무나도 깜짝 놀라 급히 몸을 돌려 하이를 바라보았다. 아이의 얼굴은 차가웠다.

"아, 내가 깜빡 잊고 아직 묻질 못했구나. 사는 건 좀 어떠니?"

"저도 큰아버지처럼 엔지니어예요. 지금은 한국 회사에서 일하고 있고요. 월급도 꽤 됩니다."

"쯔엉 하이라는 이름은 누가 지어 주었니?"

"저희 아버지가요."

"… 어머니가 얘기해 주었어요. 제가 태어났을 때 아버지가 저를 팔에 안고 얼마 지나지 않아서 흐엉 아주머니가 밀고 들어왔다고요. 저희 어머니가 자청해서 혼자 저를 키웠어요. 어머니는 아버지한테 찾아오지 말고 아들이 없는 셈 쳐달라고 요구했대요."

"그럼 너희 어머니는 무슨 일을 하시니?"

"저희 어머니는 경리 일을 하세요. 시골 할아버지 댁에서 강 하나만 건너면 저희 집예요. 어머니는 할아버지 댁과 큰아버지들 댁 상황을 전부 알고 있어요."

"그럼 너희 어머니는 왜 아버지가 살아계실 때 네가 친척들을 만나도록 하지 않은 거니?"

"어머니가 그러셨어요. 잉여 인간이 되지 말고 때를 기다리라고요."

"너희 어머니는 참 대단하시구나. 네가 이런 사람이 되었으니 반드시 어머니 은혜를 알아야 한다."

"저는 어머니를 많이 사랑해요, 큰아버지."

그는 한 곳으로 슬쩍 빠져나와 줄담배를 피웠다. 그의 마음속에는 수백 가닥의 실이 얽혀 있었다. 그는 뀌의 아내인 흐엉을 책망할 수 없었다. 그런 남편과 결혼한 그녀는 뭐가 행복하고 편안했겠는가. 그렇다 해도 그녀는 그렇게나 빨리 가면을 벗을 필요가 있었을까? 그는 장례식 삼일 후에 그 집 모녀에게 남편의 향로를 가져가서 제사를 지내게 하기로 그는 결정했다. 죽었어도 사람은 사람이다. 수천 킬로미터 먼 길을 떠났어도 때로는 자기 집에 돌아오고 싶은 법이다. 집이라는 것이 탄생한 이유는 사람을 돌아오게 하기 위해서 아닌가. 그러고 보니 그 녀석은 정말 현명하게 살다가 성스럽게 간 셈이군. 설마 자기 아내의 마음을 미리 알았을까.

그는 의자 위에 발을 걸치고 앉아 친구들과 닥치는 대로 떠들고 있는 흐엉에게로 갔다.

"제수씨 이리 와보세요, 할 말이 있어요."

"네네." 흐엉은 서둘러 슬리퍼에 발을 꿰고 일어서서 그를 따라갔다.

그는 한적한 곳의 나무 그루터기를 골라 주저앉았다.

"제수씨 앉으세요. 이제 어떻게 할 생각인가요? 오늘 오후면 장례를 시작한 지 삼일 째예요. 내일 돌아가는데, 그러면 제수씨가 동생을 집으로 데려가서 제사를 지낼 건가요?"

"저도 마음이 너무 복잡해요. 어떻게 해야 할지 모르겠어요. 아주버님께서 결정해 주시면 그대로 따를게요."

"이것도 좀 물을게요. 누가 쯔엉 하이 모자에게 연락해서 아버지 장례를 치르러 오라고 했나요?"

"제가 제 친구한테 전화해 달라고 부탁했어요."

"그럼 언제부터 동생한테 혼외자가 있다는 걸 알고 있었나요?"

"저도 최근에 알았어요. 제가 알고 있었는데 지금까지 조용히 있었다고 생각하시는 거예요?"

"… 아주버님, 저희는 지금 세를 살고 있는데요, 그 사람들이 남편 제단을 거기에 차려놓고 제사를 지내도록 해 줄지 모르겠네요…"

"하고 싶은 말이 있으면 솔직히 말하세요."

"사실 저는 아무것도 모릅니다."

그는 말없이 담배를 피웠다. 이것으로 확실해졌다. 동생의 아내는 훌훌 털고 뒤돌아서 가고 싶은 것이었다.

삼일장이 끝나고 나서 그의 아버지가 그를 방으로 불렀다.

"애야, 내가 죽을 때까지 속에 묻어 두었다가 갈 때 가져가고 싶었던 이야기가 있다. 나쁜 일들은 꼭꼭 숨겨서 가문의 도에 영향이 없도록 하고 싶었어. 내가 제단을 옮기기로 결정하고 엄마가 너희 집으로 올라와서 살기 시작한 해가 꿔 녀석이 아주 제멋대로 놀 던 때였다. 걔는 이 애 저 애 전부 집으로 데려왔다. 나도 멀리 있고 아들들도 멀리 있었으니 집에서 엄마가 혼자서 아주 힘들었지. 절정은 걔가 흐엉을 우리 집으로 데려와서 둘이 자살하려고 약을 먹었던 거였어. 흐엉은 다섯 알을 먹고 한잠 푹 잔후에 깨어났는데, 꿔는 한 움큼이나 먹어버렸지 뭐냐. 엄마가 나

114

에게 연락했을 땐 그 애 눈동자가 이미 풀려 있었어. 한밤중에 내가 조용히 부대 차를 끌고 나와서 걔를 부대 병원으로 데려갔다. 마을 사람들은 아무도 몰랐어. 엄마가 따라와서 수발을 들었지. 간호조무사 아저씨가 걔 목을 찌르고 호흡관을 부착했어. 그렇게 해서 걔는 다시 살아났고 아무런 후유증 없이 건강해졌지. 그 애가 제대로 살 줄 알았어. 걔는 흐엉이랑 살기로 결정했고, 나는 사람들이 알게 해서 가문의 도에 영향을 끼쳐서는 안 된다고 그 애들한테 말했다.

이번에는 그 애가 죽어버렸다. 흐엉은 도망치고 싶어 하고. 우리 집안에는 손자 한 명이 생겼지만 복인지 화인지는 모르겠구나. 복은 눈에 바로 보이는 대로, 우리 집안에 적장자, 제사를 지내줄 녀석이 생겼다는 것이지. 우리 집에는 아들 넷이 있지만 손자 대에 가서는 아들이 그 아이, 그 버려진 아이뿐이구나. 화라면, 이 집안 유전자는 길은 적고 흉은 많다는 것이겠지."

"아버지, 생각을 너무 그렇게 많이 하지 마세요. 편찮으시면 저희들이 힘들어요. 저희들도 숨 좀 돌리게 해 주세요."

"그럼 애비가 한 마디만 더 할게. 나는 그 애를 이 집에 있게 하면서 사십구 일이 끝날 때까지 그 애한테 밥이랑 물을 올리고 싶구나. 애, 네가 네 처한테 말 좀 해 보렴. 큰며느리가 가엾구나. 이 집안의 도리를 지키자니 그 애가 너무 힘들어."

이후 모든 일들은 순조로웠다. 한 해 동안 그의 아내는 열 번의 제사를 지내며 시댁의 도를 지켜 나갔다. 그는 여전히 자그마한 직책을 맡고 있었다. 한 번은 무심코 그가 아내에게 말했다.

"저기 여보, 흐엉 얼굴이 꼭 코브라 같지 않아? 가늘고 긴 목이 얼굴을 떠받치고, 입은 벌어지고 눈은 튀어나온 게 말이야. 아내는 집안에서 가장 중요한 풍수라던데."

"그럼 당신 눈에 나는 뭐랑 비슷해요?"

"나는 한평생 당신한테 갚을 수 없는 빚을 졌지."

칠 년 후에 그의 아버지가 돌아가셨다. 그는 약 구십 수를 누렸다. 노인이 죽는 것은 가족에게는 복과도 같다. 그의 아내는 역시 책임감을 가지고 꼼꼼하게 장례를 준비했다. 그의 딸도 집으로 돌아와 할아버지 장례식에 참석하고 엄마를 도와 매일 할아버지께 올릴 제사상을 차렸다. 사십구 일 동안 매주 그의 아내는 제를 올리고 시아버지를 절에 모셨다.

그의 딸은 유능하고 성공도 했고 외모도 아름다웠지만 서른 살이 넘도록 결혼하지 않았다. 이번에 집에 와서는 반드시 엄마를 데리고 외국으로 놀러가고 싶어 했다. 그 역시 놀러 가라고 아내를 부추겼다.

"당신 많이 힘들었으니까 딸이랑 한 번 놀러 갔다 와. 한 두 달 정도 가서 실컷 놀다 오라고. 구월이나 돼야 제사가 있잖아."

그의 아내는 딸과 함께 외국으로 나갔다. 그는 집에서 집안의 도를 지켰다. 하지만 사실 지금은 너무나도 한가했다. 넓은 집이

텅텅 비었다. 그는 여전히 작은 직책을 맡고 있었고 아홉 달 후면 퇴직이었다.

구월 초에 그는 아내로부터 이메일을 받았다.

사랑하는 당신,

저는 집으로 돌아가지 않기로 결정했어요. 우리 딸이 지금 제가 머물 수 있도록 수속을 밟아주고 있어요. 당신은 당신 몸 잘 챙기세요. 당신과 평생을 함께하지 못해서 너무 아쉬워요. 저는 여전히 당신을 사랑하고 아끼지만 사실 너무 지쳤어요. 여기서는서는 매주 일요일에 교회에 예배 보러 가고 있어요. 음악은 시작되자마자 바로 제 심장에 닿기도 전에 교회 안 공간 구석구석까지 울려 퍼지고, 저 아주아주 높은 돔에서 제 머리 위로 고요한 경지가 쏟아져 내려와요. 머릿속의 쓰라린 생각들을 몰아내 주죠. 이따금 저는 매우 승화되기도 해요. 제 심장은 방금 아드레날린을 조금 맞은 것처럼 저를 흥분시키죠. 춤을 추고 싶기도 하고, 저기 부드러운 풀밭에 누워 뒹굴고도 싶고, 꽃밭에 앉아 노래도 부르고 싶어요.

저는 아직 찬송가 한 곡 외우질 못했고 성경 한 구절도 외우질 못했어요. 하지만 이 구절만큼은 분명히 이해하고 있어요. "My fault at me in every way." 제가 있을 수도 있고 없을 수도 있는 것 사이에서 선택을 하지 않아도 되게 해 주세요. 지나온 삶에서 저를 너무나도 힘들게 했던 선택이었어요.

여전히 하느님을 사랑하고 믿고 있어요. 저는 그저 어떤 하나의 선택에 저를 놓아두고 싶지 않을 뿐이고 또 앞으로도 절대 그러고 싶지 않아요. 하느님 앞에 설 때면 저는 성심으로 두 손을 가슴에 모으고 속삭이며 기도드려요. 하느님께서 저희 가정이 풍족하고 재난을 피할 수 있도록 도와주시고 저의 눈과 마음을 밝게 해 주시어 살면서 이성적이고 좋은 일들을 할 수 있게 해 주시라고요. 때로는 하느님께 더 큰 것이나 구체적인 것에 대해 기도를 드릴 때도 있어요. 그러고는 그 주시는 것을 기다리지 못한 채 바쁜 일상에 휘말려 버리죠. 저는 다른 사람보다 두세 배의 일을 하고 있어요. 성과도 얻고 있고요. 때로는 그것이 하느님이 나에게 주신 거라고 생각할 때도 있어요. 저는 다시 하느님 곁으로 가서 성심으로 두 손을 가슴에 모으고 성심으로 기도를 드려요. 갑자기 머릿속 어딘가가 경직되어 평온함 이외에 다른 어떤 것을 구해야할지 모르게 되죠. 그러고는 집으로 돌아와서 생각해요. 왜 하느님께 그렇게 조금만 구했는지. 그리고 안타까워하죠.

당신에게 몇 가지 숨긴 게 있어요. 지금 말할게요. 당신을 사랑하니까 당신에게 숨겼어요. 당신도 저처럼 힘들잖아요. 혼령에게조차 비밀로 해야 한다고 해서 당신에게 숨겼어요. 칠 년 전에 뀌 삼촌이 우리 집에서 죽었을 때, 그 업보의 끈은 저에게 트라우마였을 뿐만 아니라 아주 많은 사람들에게 두려움이기도 했어요.

영혼을 보살펴 달라고 제가 스님을 모셔오기는 했지만 제 친정에서는 줄곧 안심하지 못하셨어요. 끈을 자른 사람이 바로 저였으니까요. 친정에서는 저를 가엾게 여겨서 곧바로 어느 능력 있고 이름난 박수무당을 모셔왔어요. 박수무당이 말하더라고요. 집안과 연고가 없는 사람에게 계시등이 아니라 계요등으로 만든, 길이가 대략 이 미터 정도 되는 끈을 하나 구해달라고 부탁하라고요. 그 계요등 끈을 업보의 끈에다가 소금과 쌀, 그리고 오만 원짜리 지폐를 더해 함께 꼬라고 하더군요. 밤이 어둑어둑 내렸을 때 실행해서 한밤중에 강으로 가져가 떠내려 보내래요. 반드시 아무도 보지 못하게 비밀로 해야 한다면서요.

　저는 의사이고 각종 세포에서부터 심리와 생리에 이르기까지 과학 교육을 받은 사람으로 자신에게 그걸 믿느냐고 물었어요. 믿는다, 못 믿는다, 분명하게 대답을 할 수가 있었다면 좋았으련만. 제 대답은 믿을 수도, 믿지 못할 수도 있다였어요. 왜 믿을 수도 있는 걸까요? 왜냐하면 정신과 관계된 모든 일들은 구체적으로 증명할 수 있는 과학적 근거는 아직 없지만 생활 속에 늘 나타나 우리가 손댈 수 있다고 여기게 만들기 때문이에요. 과학적으로는 그걸 중첩이라고 해요. 그렇다면, 만일 과학적으로 그 반대를 증명할 수 있다면, 그러니까 그게 중첩이 아니라 사실이라면 어떨까요? 우리 집 이야기를 보자면, 왜 귀 삼촌은 저에게 편지를 써서 불운이 따라붙으니 끈을 자르지 말고 풀라고 했을까요?

어떻게 삼촌은 끈을 자를 사람이 당신이나 아버지가 아니라 바로 저일 거라는 걸 미리 알았을까요?

당신 다시 한 번 더 자세히 읽어보세요. 박수무당이 저에게 말한 건, 한 명의 친구였어요. 혈연이 아니라 그냥 친구요. 그 친구 역시 우리처럼 믿음이 있어야 도울 수 있고요. 반드시 믿음이 있어야 했어요. 만일 머릿속에 믿음이 없다면 그 친구는 의심 하게 될 거예요. 우리를 돕는 사람이 어딘가에 되는대로 버려 버린다 해도 누가 증명해 줄 건데요, 무슨 죄가 있어서 야밤에 헛수고를 하겠냐고요. 그리고 재수 없게도 까딱하다가는 그 불운이 나를 덮칠지도 모르는데요?

우리는 친절하게 잘 살아왔고 우리에게는 좋은 친구들이 있었어요. 저는 네 명의 친구에게 차례로 부탁을 했지만 그들은 첫째 안 믿는다는 이유로, 둘째 무섭다는 이유로 그들은 거절을 했어요.

이 일을 하는 데 있어 또 하나의 어려운 점은 바로 끈이었어요. 끈은 증거 물품이에요. 저는 당신 비서인 쭝에게 조사계에서 일하는 그의 삼촌에게 부탁해서 끈을 가져다 달라고 해야 했어요. 그 믿는다를 완벽하게 수행하기란 너무나도 어려워서 저는 즉시 못 믿는다를 선택하기로 마음을 바꿨어요. 바로 제 손으로 그 업보의 끈과 계요등 끈을 엮었어요. 삼촌을 내리기 위해 칼을 잡고 끈을 자를 때 저는 두렵지 않았어요. 그저 한결같이 온 힘을 다해 삼촌을 구해야 한다는 생각뿐이었어요. 그런데 끈을 엮을 때 너무 무서웠어요. 양손이 떨리더니 몸까지 벌벌 떨렸어요. 저는 창고에 혼자 앉아서 그 일을 했어요. 눈물이 가슴팍으로 뚝뚝 떨어졌어요. 일을 마친 후 떨리는 손으로 그걸 들고 동네 어귀로 나왔어요. 어느 째옴[19] 운전수가 제가 건넨 돈을 받고 한밤중에 강으로 나가 그걸 흘려보내 주었어요.

저는 친정어머니에게 알려 드렸어요. 친정어머니는 박수무당에게 알렸고요. 무당은 유심히 살펴보더니 아직도 꽤 들러붙어서 끝나지 않았다고 판단했어요. 저는 다시 믿는다, 못 믿는다를 결정해야 하는 상황에 빠져버렸죠. 제가 올바른 방법으로 일을 처리하지 않았던 거예요. 저의 두려움은 믿는다 쪽으로 기울었어요. 분명한 건 맞는 방법으로 일을 하지 않았기 때문에 아직 풀수 없었던 거였어요. 저희 가족들은 저를 걱정해 주었어요. 가족들은 칠 년 전에 우리 집 꿔 삼촌이 목을 맨 사람의 끈을 잘라 주었다고 박수무당에게 이야기해 주었어요. 무당은 즉시 다른 방법을 제시했어요. 무당은 여자 인형을 한 개 사라고 하더라고요. 제가 입고 있는 셔츠에서 카라를 뜯어내는 거예요. 그리고 뿌리에 잎까지 달린 계요등 나무를 구하래요. 오색실을 가져다가 계요등끈과 함께 인형의 발에서부터 몸까지 묶고 두 손으로 목을 감싼후에 제 옷의 카라를 인형 목 주위에 붙이라고 하더군요. 밤이 어

---

19 오토바이 택시.

둑어둑 내렸을 때 실행해서 일곱 시 이전에 가져가서 흘려보내라고요.

친정에서는 저를 매우 가여워하고 걱정 해주었지만 그 누구도 감히 이 일을 해 주려고 하지 않았어요. 저는 또다시 믿는다, 못 믿는다를 판결해야 하는 상황에 빠져 버렸죠. 저는 무서우면서도 힘이 빠져 버렸어요. 못 믿는다는 쪽으로 기울어져 버렸죠. 저는 스스로를 분석해 보았어요. 의지력이 강한 여자로서 분명히 절대로 목을 맬 일은 없을 것 같았어요. 성격 좋고 시댁을 위해 저승의 일에서 이승의 일에 이르기까지 책임지고 꼼꼼하게 처리하는 여자를, 부처님도 가엽게 여겨 일찍 잡아가려 하진 않겠죠. 잡아간다면 누가 있어서 일 년에 열한 차례나 되는 제사를 치르겠어요.

일 년에 제사가 열한 번이에요. 당신 기억하세요. 서랍 안에 넣어둔 종이에 한 분 한 분의 제삿날을 분명히 적어 두었어요. 큰 아주버님의 제삿날도 잊지 말아야 한다는 걸 기억하세요. 당신한테 얘기했었는데 당신이 잊을 때가 있더라고요. 딸이랑 여기로 건너오기 이틀 전에 어떤 낯선 여자가 덧 아주버님의 영정과 향로를 전해주러 왔다며 우리 집 문을 두드렸어요. 그 여자가 자기는 더 이상 아주버님의 제사를 지낼 수 없다고 하더라고요. 부처님 문전에서 걸식이라도 하라고 덧 아주버님을 절에 모셨는데 계속 아주버님이 눈에 밟혀서 데려오려고 우리 집을 찾아왔다는 거였어요.

여보, 전 죽음에 대해서 아주 많이 생각해 봤어요. 당신한테 숨긴 게 한 가지 더 있는데, 제가 말해봤자 당신 마음만 더 아플 것 같아서요. 뀌 삼촌이 죽었을 때 흐엉씨가 와서 남편을 마지막으로 보았는데요, 울지는 않고 그냥 삼촌 얼굴을 뚫어지게 바라보기만 하더라고요. 그러더니 몸을 돌려 저를 끌어안고는 말하는 거예요. 아주버님이랑 형님은 저를 원망하시나요? 제가 말했어요. 하늘을 원망할 뿐이지 사람을 원망하진 않아요. 그녀가 저에게 이야기해 주었어요. 사흘 전에도 삼촌한테 돈을 보냈대요. 삼촌이 칠백만 동[20]이 필요하다고 했대요. 돈을 빌려서 보냈대요. 그러고는 죽기 하루 전 날 삼촌이 집으로 그녀를 찾아왔는데 새벽 네 시에 그녀는 집에 없었대요. 사춘기인 두 딸아이를 셋방에 남겨두고 말이에요. 삼촌이 그녀에게 전화를 걸어 집으로 오라고 했대요. 그녀는 맹세코 남자와 뒹군 일은 없고 그냥 퇴직하는 동료의 환송 파티에 갔다가 노래방에서 놀고서 친구네 집에서 잔 거라고 했어요. 그녀가 남편한테 말했대요. 우리 처음부터 다시 시작해요. 자식을 위해서 다툼도 그만두고 나쁜 습관들도 다 버리고 앞으로 같이 살아요. 뀌 삼촌도 그 해법에 동의했고요. 삼촌이 흐엉씨한테 말했대요. 삼촌이랑 같이 고향에 가서 조상님 제단 앞에서 맹세를 하자고요. 그녀는 거절하고 가지 않겠다고 했어요. 삼촌은 다정하게 아내에게 키스를 하고 떠나버렸다네요.

---

20 한화로 약 35만 원.

여보, 당신 이 이야기를 한번 잘 생각해 보세요. 만일 흐엉씨가 꿔 삼촌을 따라서 고향에 왔다면 삼촌이 삶을 그렇게 끝냈을까요? 그럴 수도 있고, 아닐 수도 있어요. 그렇죠? 하지만 그들의 인생은 어떻게 됐을까요? 그들이 서로 이야기한 것처럼 됐을까요? 그럴 수도 있고, 아닐 수도 있죠. 만일 꿔 삼촌이 흐엉씨와 결혼하지 않고 쯔엉 하이의 엄마와 결혼을 했어도 삼촌의 인생이 그렇게 도박의 길에 빠져 헤어나지 못 했을까요? 그럴 수도 있고, 아닐 수도 있죠. 삼촌의 인생은 어두운 길로 결정되어 있어서 삼촌의 그런 삶의 방식을 따를 수 있는 유일한 사람이었던 흐엉씨와 결혼할 수밖에 없었던 걸까요, 그럴 수도 있고 아닐 수도 있죠. 흐엉씨도 쌀값을 벌려고 남편처럼 도박을 했어요. 두 사람은 하늘이 내린 커플이었죠. 그들은 아픔으로 몸부림치는 이기적인 애정으로 살았어요. 그래서 흐엉씨가 지쳐버려 외면한 채 더 이상 삼촌이 사는 방식을 따르지 않자 삼촌이 자신과 아내를 위해 스스로 벗어난 거죠. 흐엉씨와 두 아이의 삶은 죽음 이후에 더 좋아졌을까요? 그럴 수도 있고, 아닐 수도 있죠. 죽음 이후에도 사람들이 깨우치지 못하도록 관성의 법칙처럼 삶이 계속될까요? 그럴 수도 있고, 아닐 수도 있죠.

못 믿는다는 쪽을 찾아 머무를 수 있게 된 지금, 저는 손을 놓고 가볍게 안도의 한숨을 내쉬려고 해요. 다른 일은 할 필요가 없어요. 하지만 여전히 믿는다를 잊을 수는 없어요. 그건 저의 생각을 슬쩍 밀치고 들어와서 저에게 말을 걸 수도 있어요. 이 화는 당신의 머리에만 매달려 있는 게 아니라 당신의 남편, 당신의 자식에게도 매달려 있는 거 아니겠느냐고요. 제가 이 세상에서 가장 사랑하는 두 사람을 생각하면 갑자기 심장이 툭 내려앉아요. 저는 전화를 걸고 애원 했지만 아무도 저를 도와주지 않았어요. 누구는 믿지 않았고, 누구는 무서워했죠. 저는 직접 그 일을 했고, 아무튼 제를 지냈으니 영검할 거고 금지를 지켰으니 길하겠죠. 저는 인형을 사러 갔고, 친구에게 계요등 나무를 뽑아달라고 부탁했어요. 흰색 실을 파랑, 빨강, 보라, 노랑으로 염색해서 다른 흰색 실과 함께 오색실을 만들었어요. 제 손으로 인형을 묶었고요. 입고 있던 땀에 절은 옷의 목 부분을 제 손으로 뜯었고요. 일을 마치고 제 친구는 그걸 가져가서 강에 흘려보내기만 했고요.

그러고 나서 햇볕이 쨍쨍하던 날, 저는 갑자기 당신에게 교회에 가자고 했었는데, 기억하세요? 당신은 주저하면서 가지 않았죠. 저는 당신에게 한소리를 해야 했어요. 전우라면서 함께 나란히 가지도 못하냐고요. 당신이 마지못해 함께 나섰잖아요. 우리는 다섯 번이나 택시를 불렀는데 삼십 분이 지나도록 택시가 한 대도 오지 않았죠. 우리 집은 바로 도로변에 있지 구석에 박혀 있나요 어디. 저는 돌아가기로 결정했어요. 저는 다시 믿는다, 못 믿는다를 판결해야 하는 국면에 빠져버린 거였죠. 이곳은 리왕조 때부터 있던 오래된 절이에요. 중상입은 영혼을 감금해 두는 것으로 유명하고 신성한 절이죠. 돌연사 또는 자살로 좋지 않은 시간에 죽거나 상중에 죽은 사람들은, 신이 묘를 파헤쳐서 밖으로 끌어낸 후에 친인척과 친한 사람들의 이름을 대라며 고문을 한대요. 신은 이승으로 와서 그 친인척과 친한 사람들을 잡아갈 거고요. 망자를 이 절에 모시면 망자가 철저하게 감금되어서 신에게 잡혀가서 심문을 당하지 않는다는 거예요. 그런 게 바로 그럴 수도 있는 일이죠. 그리고 아닐 수도 있는 일은, 망자는 감금이 되어서 집으로 다시 돌아갈 수 없을 거라는 사실이에요. 망자도 사람이었잖아요. 사람으로서 자기 집으로 돌아가서 부모님과 형제자매의 얼굴을 보지 못한다면 얼마나 마음이 아프겠어요. 저는 욕실 구석에 웅크리고 앉아 울었어요. 죽은 사람이 가여워 울고, 산 사람이 가여워 울었어요.

가족의 평안을 위해 저는 가기로 했어요. 사진작가인 친한 친구가 하나가 저를 태워 주었어요. 숨 막힐 듯 더운 유월의 여름날이었지만 상류에는 호우가 쏟아졌기 때문에 두 사람은 수건을 두르고서 길을 떠났어요. 둑길을 따라갔어요. 이른 아침 햇살이 둑 언저리에 내리쬐고 아름다운 갈대들이 손짓했어요. 사진작가 친구는 참지 못해 차를 세우고서 저에게 저기에 앉아 자기의 사진 모델을 해 달라고 하더군요. 저는 웃었죠. 이른 아침 햇살 속에 제 얼굴은 빛이 났지만 그 친구는 제 눈가에 어린 눈물 자국을 볼 수 있었어요. 그 친구가 말하더라고요. 우선 가서 일부터 보자.

둑길을 벗어나 고속도로에 들어서자 차와 사람들이 회오리바람처럼 휙휙 몰려왔어요. 저는 교외에 있는 절의 이름만 알고 있을 뿐이었어요. 아무튼 그냥 가자. 길찾기는 이 입에 달려 있잖아. 철교를 가로지르는데 앞쪽에 어떤 여자 하나가 자전거를 타고 가고 있었어요. 저는 친구에게 천천히 가자고 했어요. 절의 이름을 말하며 물었어요. 그 여자는 성심성의껏 길을 안내해 주더라고요. 똑바로 가시면 왼편에 주유소가 있는데 그 주유소 맞은편에 꺾이는 길이 있어요. 그리로 계속 가시다가 다시 물어보세요. 친구는 오래된 절은 보통 산 가까이 있다고 했어요. 둘은 앞에 있는 산을 바라보며 갔어요. 길이 너무 안 좋았는데 전날 밤에 아무래도 거기에 비가 많이 온 모양이었어요. 작은 연못만큼 커다란 웅덩이에 물이 가득 고여 있었어요. 앞쪽에서는 길을 깔고 있어서 지역 주민이 이끄는 대로 농로를 따라 갔어요.

과연 절은 산중턱에 자리 잡고 있었어요. 절은 고즈넉하면서도 장엄했어요. 그곳의 오래된 용안나무들은 가지를 하늘로 뻗는 게 아니라 옆으로 펼치고 있어서 절 마당에 그늘이 드리워져 있었어요. 소원지를 쓰는데 스님들은 아내와 아이들의 이름만 물어보더라고요. 다행히도 저는 그들의 이름과 나이를 전부 기억하고 있었어요. 저는 뀔 삼촌을 위해 넥타이와 모자, 신발까지 달린 옷 두 벌을 구입했어요. 흐엉 숙모였다면 분명 오토바이랑 자동차도 샀을 거예요. 그리고 평안을 기원하는 부적을 몇 개 샀어요. 사진

작가 친구에게 한 장을 선물하고, 한 장은 저를 위해, 한 장은 당신을 위해 썼어요.

저희는 햇살이 머리 위로 쏟아지는 정오에 절을 나왔어요. 눈앞에 펼쳐진 길이 갑자기 미로처럼 보였어요. 아까 유치원을 지났는데 우회전하고 나서 좌회전했더니 다시 유치원 앞이더라고요. 길을 묻고 또 물었지만 계속 틀렸어요. 결국에는 고속도로에 진입할 수 있었지만 아침에 왔던 것보다 거의 십 킬로미터는 더 지나왔어요. 괜찮아요. 마음이 가볍고 편안하면 그만인 거죠.

아직 끝난 게 아니었어요. '땅을 파내서 붓는다'는 의미로 전술 하나를 더 이행해야 했어요. 강가, 마을 공동 사원 입구, 대로변, 집 현관문 앞, 학교 앞에 있는 흙 등 다섯 종류의 흙을 퍼오는 거예요. 저는 도시 외곽으로 나가서 네 종류의 흙을 구할 수 있었어요. 그런데 집 현관문 앞 흙은 너무 어려웠어요. 우리 집 쪽은 짝수 번지이고, 저쪽 편은 홀수 번지인데 전부 콘크리트 집들이었거든요. 저는 오 센티미터짜리 못으로 집 현관문 앞 콘크리트를 탁탁 두드려 흙을 조금 파냈어요. 다섯 종류의 흙이 모두 모이자 저는 일전에 제사를 지내려고 모셨던 스님에게 뀌 삼촌을 위해 천도제를 지내달라고 부탁했는데 스님은 해 주지 않았어요. 스님은 자기 일이 아닌 건 하지 않는다고 하더라고요. 그러고 보니 믿는다와 못 믿는다는 아직도 그런 식으로 남아있었던 거예요. 이 스님의 방법대로라면 믿는다이지만 저 스님에게로 가면 못 믿는다가 되는 거예요. 또 그 반대이기도 하고요. 저는 너무 당황스러 웠어요. 제를 지내면 영검할 거고 금기를 지키면 길할 거라고, 또 다시 가장 중도적인 신주에 의지해야 했어요. 저는 다른 스님에 게 기도를 해 달라고 청한 후 오향분을 넣어 물을 끓이고 나서 집 바닥에서 벽돌을 뜯어내 업보의 끈이 있던 곳에 빛이 들어오게 했어요. 벽돌을 뜯어내면서 흙 칠십 센티미터를 파내 비닐봉지에 넣고, 그 다섯 종류의 흙으로 구멍을 꽉 메운 후 오향분 물을 붓 고 나서 다시 벽돌로 막고 자국이 남은 곳을 열심히 문질렀어요.

저는 비밀스럽게 그 모든 일들을 행했고, 이제야 당신에게 이 야기 하게 되었네요. 과연 그 일들을 마치자 마음이 편안해졌어 요. 저는 다시 일상의 일들에 휘말렸고 나이가 점점 들면서 더 이 상 전처럼 건강하지 않게 되었어요. 몸이 아플 때마다 저는 다시 믿는다, 못 믿는다라는 주사위 게임에 빠졌죠. 당황스럽고 걱정 이 되었어요. 저는 삶을 사랑하고 삶을 누리고 싶어요. 하루, 한 달, 일 년을 세어가며 칠 년을 보냈어요. 두 번이고 세 번이고 저 는 죽음이 두렵지는 않아요. 맞아요, 누구나 다 죽잖아요. 죽으면 더 이상 장례식 치를 걱정은 하지 않아도 된다고 생각하니 마음 이 가벼워졌어요. 그리고 열한 번의 제사와 스물세 번의 보름과 초하루, 그리고 음력설도 신경 쓰지 않아도 되겠죠. 저는 침향 냄 새에 중독돼 버렸어요.

사랑하는 당신, 이제 저는 그 믿는다, 못 믿는다라는 복잡한 팔

괘의 굴레로부터 정말로 탈출했네요. 저는 하늘과 땅의 뜻에 따라 평온하게 살고 있어요. 너무 행복해요, 여보.

아니, 당신에게 이래라저래라 충고할 권리가 저에게는 없어요. 당신을 매우 사랑하고, 그저 당신의 방식을 따르기만 하는 게 아니라 제 방식대로 아내의 도리를 다 할 수 있도록 당신이 제 곁에 있었으면 좋겠어요.

당신의 사랑하는 아내 쩜.

그는 아내의 편지를 읽고 웃었다. 그는 가벼움을 느꼈다. 무겁게 매달려 있던 커다란 돌덩이가 이제야 떨어져나가는 것 같았다. 그도 이 부담이 두려웠기 때문이다. 전혀 말은 하지 않았지만 그 역시 오래 전부터 믿는다와 못 믿는다의 경계선 사이에서 흔들리고 있었던 것이다. 거짓말을 해야만 한다고 해도, 그는 아버지처럼 모든 방법을 동원해서 가문의 도를 잘 지킬 수는 없었다. 결국 무엇이 남는단 말인가? 일 년에 열한 차례의 제사상이었다. 이삼십 년 후 부부가 백 세가 되어 쯔엉 하이가 모시는 제단에 올라가게 되면 두 번의 제사를 더해 열세 번이다. 누가 그 제사들을 기억해서 찾아오기는 할까? 아니면 그 아이 혼자서 제단 위에 열심히 제상을 차려놓고 음식이 다 식어버리면 내리지는 않을지? 그 고결한 사명을 완벽하게 실현할 수 있는 위대한 믿음이 그 아이에게 있기는 할까? 아니면 그 아이도 믿는다, 못 믿는다라는 팔

괴의 굴레에 빠져버릴까? 어쩌면 그 아이는 자신에게 주어진 꾸씨 가문의 은혜로운 사명을 매몰차게 거절할 것이다. 버리자니 가엾고 얽매이자니 가련한 굴레는 언제까지 계속되다가 끝을 맺을 것이란 말인가? 오랜 시간 동안 휘황찬란하게 빛나는 거짓말이 쌓아올린 퇴적물 위에 온갖 미사여구들이 넘쳐나는 이런 사회에 속해 있는 가족, 그게 무엇이란 말인가? 사랑과 믿음이 더 이상 남아 있기는 할까?

그는 아내에게 답장을 썼다.

사랑하는 여보, 계속 편안하게 살아요. 당신이 선택한 그 방식대로 살아. 몇 개월 후면 나는 퇴직 연금을 받게 돼요. 당신이랑 딸이 있는 그곳으로 건너갈게. 일요일에 함께 교회 가서 예배 보고 말이야. 나도 'my fault at me in every way'라는 영문을 기억할 거야. 그러고 나서 당신 손을 잡고 길이 끝날 때까지 함께 가야지.
나를 기다려 줘, 사랑하는 여보.
키스를 보내며.

그 옛날 마을에서
가장 예뻤던 그녀

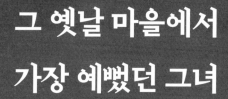

따 쥬이 아인(Tạ Duy Anh)

따 쥬이 아인 Tạ Duy Anh | 소설가

1959년 하노이에서 태어났다. 본명은 따 비엣 당이다. 응웬 쥬 문예창작학교를 졸업했으며, 응웬 쥬 문예창작학교의 강사, 작가회 출판사 편집장을 역임했다. 1980년부터 작품활동을 시작했으며 책 30권(소설 8권 포함)을 출간했다. 국내의 문학상을 7차례 수상했다. 2000년부터 그의 작품이 교과서에 수록됐다. 번역된 작품은 다음과 같다. 단편 『저주를 넘어』가 영어, 불어, 러시아어, 중국어, 일본어, 태국어로, 단편 『자정에서 새벽으로』가 영어, 독일어로, 단편 『악마의 역병』이 불어로, 단편 『그 옛날 마을에서 가장 예뻤던 그녀』가 영어로, 단편 『새로운 옛 이야기』가 러시아로, 장편 『고생한 노인』이 불어로, 장편 『하느님』이 영어로 번역되었다.

그 시절, 뚝 누나는 정말 예뻤다. 열여덟이 된 누나는 한 송이 꽃처럼 싱그러웠다. 날씬한 몸매에 둥근 어깨가 밝은 갈색 옷 밖으로 또렷이 드러나 보였다. 얼마나 많은 시선들이 매료되어 거기에 머물렀는지 모른다. 얼마나 많은 달콤한 말들이 누나의 귀를 스쳐갔는지 모른다.

"잠깐만요…"

누나를 따라다니던 마을 사내의 목소리가 짓눌린 마음속 깊은 곳에서 처절한 외침처럼 터져 나왔다. 뚝 누나는 천천히 돌아보았다. 잘 익은 누나의 입술이 살짝 열리면서 매혹적인 흡입력을 지닌 미소를 드러냈다. 솜씨 좋게 쪼갠 빈랑나무 열매 두 조각 같은 누나의 두 눈이 깜빡이며 땅을 내려다보았다. 누나는 예뻤지만 조금도 오만하지 않았다. 부름에 응답하며 누나는 기다렸다. 하지만 부른 사람은 마치 너무도 먼 존재 앞에서 두려움을 느끼는 듯, 꿈속의 환영이 살아서 나타난 것처럼 누나의 눈앞에 멍하니 서있기만 했다.

오후가 되면 뚝 누나는 늘 우물가에 나타났다. 품행이 바른 아가씨는 감히 제 얼굴을 거울에 비추지 못한다는 말이 있다. 허리를 숙이고 물바가지를 잡아당길 때마다 누나는 우물 바닥에 비친 자신의 모습에 두근거렸다. 물결이 어른어른 춤을 추며 누나를 희롱했다. 느닷없이 누나는 고개를 들더니 혼자서 웃음을 터뜨렸다. 바로 그 매력적인 모습처럼 누나의 웃음소리에는 근심이 없었다. 순식간에 누나가 물 두 통을 어깨에 지고 벌거벗은 발로 사뿐사뿐 걸어가는 모습이 보였다. 또 누군가 부르면 뚝 누나는 고개를 살짝 기울여 응답을 대신했다.

마을 사내들은 차례로 길을 떠났다. 전쟁은 손을 뻗어 막 열여덟이 된 사내들을 끌고 갔다. 뚝 누나는 스무 살이 되고 스물다섯 살이 되었고, 언제부터인가 기억하지 못하게 되었다. 매번 길을 떠나는 청년들을 배웅할 때마다 뚝 누나는 눈물이 마르도록 울었다.

군부대들은 요란스럽게 우리 마을로 들어와서는, 정이 들어 그리운 마음이 생기기에 충분한 시간인 두세 달 정도를 머물다가 어느 날 아침, 우리가 잠에서 깨어나 보면 마법처럼 사라져 버리고 없었다. 한번은 엄마가 편지를 읽으면서 훌쩍훌쩍 눈물을 훔치는 모습을 보았다. 엄마는 나에게 우리 집에 머물렀던 끼에우 아저씨의 편지라고만 말해 주었다. 엄마가 집을 비웠을 때 나는 몰래 편지를 펼쳐 읽어보았다. 눈을 동그랗게 뜨고서 듣고 있는 마을 꼬마들을 위해 나는 한 글자 한 글자 풀어서 읽어 주었다.

"꽝찌를 빠져나오면서 저희 소대에는 이삼십 명밖에 남지 않게 되었습니다. 누님, 그들은 너무나도 잔인하게 싸워요! 광활하게 넓은 땅이 화약 가루로 변할 만큼 모조리 파헤쳐졌어요…"

편지 끝에서 "누님과 조카들에게 영원히 안녕"을 전한 후에 끼에우 아저씨는 "아 참, 뚝에게 안부를 전해 주세요."라고 덧붙였다.

그 당시 우리는 편지가 묘사하고 있는 격렬함을 아직은 상상할 수 없었다. 전쟁은 우리가 아주 무서워하기도 했지만 반대로 놀림의 소재로 이용할 준비가 되어있는 도깨비 같은 것이었다. 다음날 엄마는 뚝 누나에게 편지를 건네주었다. 누나는 침대 위에 팔다리를 쭉 뻗고 누워 종이를 바로 보고 뒤집어 보고 했다. 안부를 묻던 끼에우 아저씨의 그 말은 껍데기에 불과한 듯했다. 누나는 그 '속엣'것을 찾고 싶었다. 편지를 우리 엄마에게 돌려줄 때 누나의 얼굴에는 조금 우울한 기운이 스쳤다. 하지만 우리 어린 애들이 그러했던 것처럼 뚝 누나에게도 생각에 사로잡혀 있을 시간이 많지는 않았다. 온 마을이 다른 군부대를 맞이하기 위한 준비에 몰두했다. 뚝 누나 또래의 군인 아저씨들은 장기를 둔다는 핑계로 우리 집에 왔지만 뚝 누나가 들어오기만 하면 장기판은 즉시 우리 차지가 되었다. 우리는 마음대로 졸병과 장군의 위치를 바꾸어 놓거나, 심지어는 차, 포, 마 등을 호주머니에 슬쩍 숨겨 다른 곳으로 가져가서 말 굴리기 같은 놀이를 하기도 했다.

몇 달 후에 군부대는 또다시 사라져 버렸다. 우리 마을은 다시 보름 가량 공허함에 빠졌고, 한없이 슬퍼하며 그리워했다. 텅 빈 느낌은 우리 어린아이들에게까지도 전염이 되었다. 그러고 나서 온 마을이 다시 분주하게 서로의 집을 오가며 문을 두드렸다. 그때가 바로 군인 아저씨들에게 다시 편지가 오는 때였다. 삼삼오오 모여 편지를 가지고 나와서 쩌렁쩌렁하게 읽고 있는 누군가를 향해 둘러앉았다.

얼굴에는 나이에 따라 근심과 걱정, 기쁨과 한탄이 서로 뒤엉켰다. 뚝 누나도 편지 한 통을 받았다. 봉투에 겉면에 전장에서 쓴 대문자 글씨체로 누나의 이름이 쓰인 편지였다. 바로 그날 밤 누나는 우리 엄마를 찾아왔다. 우리 엄마가 누나보다 다섯 살 많을 뿐이었지만 뚝 누나는 이모라고 불렀다. 늦겨울 밤의 어른거리는 불빛 아래서 누나의 얼굴은 평소와는 다르게 아주 엄숙해졌다. 한참 동안 말이 없더니 뚝 누나는 허둥지둥 가슴팍에서 손수 접어 만든 봉투를 꺼냈다. 누나는 힐끔 나를 쳐다보더니 속삭였다.

"녀석은 자요?"

"종일 놀더니 몸을 눕히자마자 강아지처럼 잠들었네." 엄마가 말했다.

"저 이모랑 하고 싶은 이야기가 있어요." 뚝 누나의 목소리는
두근거렸다.

눈을 꼭 감은 척하고 있었지만 엄마가 뚝 누나의 손에서 편지
를 건네받고 있다는 걸 나는 알았다. 엄마는 등불을 가까이 당기
고 뒤집어 보고 바로 보고 하더니 누나에게 돌려주었다.

"읽어봐! 우리 둘뿐인데 누가 있다고 겁을 내."

"이모 아무에게도 말하면 안돼요." 뚝 누나가 조건을 달았다.

"얘도 참, 애들처럼!"

뚝 누나는 몇 번인가 깊은 숨을 쉬더니 편지를 읽기 시작했다.

"…○○일, 꽝찌

사랑하는 동생!"

뚝 누나는 숨을 모으려고 멈춰야 했다.

"누가 보낸 거야?" 엄마가 다급하게 물었다.

뚝 누나는 못 들은 척하며 계속해서 힘겹게 편지를 읽어 내려
갔다.

"얼마 후면 나는 이 땅에 없을 수도 있어. 폭격은 너무나도 격
렬해. 오후엔 스무 명의 전사들을 내 손에서 빼앗아 갔어. 분명
내 차례도 올 거야. 전쟁은 운이지. 길과 흉이 뒤섞인 잔인한 놀
이야. 전부를 얻거나 모든 걸 잃게 돼! 하지만 나에게는 아직 조
금의 시간이 남아 있어. 절대로 미리 알 수 없는 인생의 마지막을

준비할 수 있도록 말이야. 지금 막 달이 떴어. 마치 전쟁이 완전히 물러가고 메아리만 남아 있는 듯 모든 것이 평안한 느낌이 들다니 진짜 신기해. 그리고 나는 기다려. 내가 무엇을 기다리는지 아니? 나는 말이야… 네가 달무리로부터 걸어 나오기를 기다리고 있어. 너는 상처들을 감싸주고 지표면을 식혀 줄 거야. 왜냐하면 너는 나와 같은 전장의 군인들에게 복을 주는 신이니까…"

뚝 누나가 더 이상 읽지 못하자 엄마는 편지를 낚아채 마지막 부분을 전부 읽었다. 편지에 뭐라고 더 쓰여 있었는지 나는 모른다. 그저 엄마와 뚝 누나 모두 그 후 아무런 말이 없는 것을 보았을 뿐이다. 갑자기 엄마가 크게 한숨을 내쉬었다.

"아이고, 언제쯤 총칼 든 상황이 끝나려는지! 이거 지휘관이 보낸 거지?"

"네, 바로 그 사람이에요."

"편지 내용을 들어보니 바로 알겠네. 그렇게 키 크고 건장한 사람이, 어쩐지, 두 사람 다 정말 가엾네."

그런데 뚝 누나가 갑자기 흐느껴 울었다.

"헤어지던 날 밤에… 그 사람이… 그냥… 제 손을 한 번 잡아보게 해달라고 했는데… 그럴 수 없었어요… 분명 그 사람은 괴로웠을 거예요… 흑흑…"

"그 사람은 점점 더 너를 사랑하게 될 거야… 응, 만약에…" 엄마는 몸을 숙여 나를 똑바로 눕혀 주는 척했다. 재빠르게 나는 엄마가 옷소매로 눈을 덮는 모습을 보았다.

***

… ○○일, 동하

… ○○일 아홉 시 캐사인

… ○○일, 남라오, 미모사꽃이 조금 피어있는 어느 돌더미 옆에서

뚝 누나는 날짜순으로 편지들을 정리했다. 여름에 보냈는데 겨울이 되어서야 뚝 누나의 손에 들어온 편지도 있었다. 국토 맨 끝의 위치한 밀림 속에서 쓴 것 같은 편지도 있었다. 만일 너무 오래 떠돌아다녔거나 너무 많은 곳을 거친 편지라면 하나같이 봉투 뒷면에 각각의 부대에서 쓴 '신속, 동지'라는 문구가 있었다. 그러고 나서 다른 부대에서도 급하게 한 줄을 더했다. '검열 완료, 유통시켜야 할 것으로 보임'. 어느 부대에 오면 병사의 눈빛처럼 글씨가 빛났다. '전쟁 중의 사랑은 신속할 필요가 있음. 북부 동포들에게 백만 개의 키스를 보냄…'

뚝 누나는 전장의 감정들을 보물 다루듯 소중히 여겼다. 이제까지 받은 수백 통의 편지 중에서 누나는 약 열 명에게만 답장을 쓸 수 있었다. 나머지는 주소가 없었다. 그 점은 뚝 누나를 불안하게 만들었다. 하지만 누나가 가장 괴로웠던 점은, 우리 엄마만

알고 있는 건데, 지휘관 아저씨는 프러포즈 대신 누나에게 처음으로 편지를 쓰고서는 더는 편지를 하지 않았다는 사실이었다. 당시는 전쟁이 격렬한 시기로 접어들고 있을 때였다.

*****

뚝 누나는 마을의 '반첩보-비밀 유지'조 조장이었다. 저녁 일곱 시부터 반첩보대는 마을을 지나가는 수상한 사람이라면 누구나 다 심문할 수 있는 권한을 가지고 있었다. 전쟁은 북부로 번졌다. 스파이들은 변장을 하고 모든 수단을 동원해 국방무장세력이 있다고 의심되는 곳이면 어디든 들어갔다. 우리 마을은 그들이 주목하는 곳 중 하나였다. 현에서는 일전에 뚝 누나의 민병대가 붙잡은 거지 노인이 바로 변장한 스파이였다는 사실을 막 통보한 참이었다.

마을은 곧 전쟁에 돌입할 것처럼 고요했다.

하지만 전쟁에도 불구하고 달은 여전히 밝았다. 복 제방 쪽에서는 야간추수회가 부르는 수다스러우면서도 정이 넘치는 노동요가 울려 퍼졌다. 뚝 누나는 매일 밤 함께 벼를 베는 그 무리가 너무나도 무서웠다. 마을에 온통 여자뿐이다 보니 여자아이들은 입이 거칠어졌다. 한번은 누나가 그 애들에게 둘러싸여 애인의 이름을 밝히도록 강요받은 적이 있었다. 어찌할 바를 몰랐던 뚝 누나는 '군인을 사랑한다'고 인정할 수밖에 없었다. 그걸로 끝일 줄 알았지 그 애들이 한 목소리로 소리칠 줄은 아무도 몰랐다.

"뽀뽀했어요?"

뚝 누나가 곧 쓰러질 듯하자 한 명이 대신 대답했다.

"했어!"

"느낌이 어땠어요?"

"감전된 듯했지!"

그러자 뚝 누나는 달아나 버렸다. 그때 누나는 정말 불쌍해 보였다.

노동요 소리는 멀어졌다 가까워졌다 반복하며 바람을 따라 방향을 바꿨다. 뚝 누나는 노래 한 마디 한 마디가 둥둥 떠올라 자기 쪽으로 흘러오는 느낌이 들었다. 바람은 시원한 벼의 향을 누나의 가슴으로 내뿜었다. "이 바람 속에 노동요도 있을지 몰라" 누나는 조용히 생각했다. 누나는 총을 어깨에 걸치고서 눈으로는 안개가 넘실대는 바다를 좇았다…

누군가 풀밭 위를 아주 조용히 걷는 소리가 났다. 달빛 아래에서 뚝 누나는 남자의 커다란 모습을 보았다. 뚝 누나가 서있는 곳 가까이 다가오자 검은 그림자는 말없이 멈춰 섰다. 누나는 벌벌 떨며 총을 다시 들어 올리고는 매서운 목소리로 조용히 물었다.

"누구예요?"

"나예요."

"나라니요, 누구죠?"

"고독한 사람입니다."

"어서 확실하게 말하세요. 여기서 뭐하는 거예요? 말 안 하면 쏘겠어요."

"언제는 날 '쏘지' 않았나? 아직도 만족을 못하는 건가?"

대답하는 목소리는 슬프고 고통스러워 보였지만 눈앞에 있는 대상을 잘 알고 있는 자의 뻔뻔함은 감추지 못했다. 하지만 남자의 바로 그 장난스러운 목소리가 뚝 누나를 곧바로 진정시켰다. 저 남자는 이 시간에 뭐 하러 여기에 온 걸까? 늘 깔끔한 모습으로, 마을에서 밥 짓기 대회를 열었던 때에 누나에게 들러붙었던 적이 있는 남자였다. 기억났다. 족 영감네 아들인 하오였다. 비록 같은 또래인데다 같은 마을에 살고 있었지만 뚝 누나는 이제껏 그를 두세 번 스치듯 만났을 뿐이었다. 하오는 거의 한 번도 마을 사내들 사이에 나타난 적이 없었다. 군대에 갈 나이가 되자 가업을 잇기 위해 공부를 한다는 이유로 하오는 흔적도 없이 사라져버렸다. 그러더니 갑자기 도시의 지식인처럼 말끔한 모습으로 떡하니 밥 짓기 대회에 나타났던 것이다. 그가 뚝 누나에게 딱 달라붙는 바람에 누나는 평정심을 잃을 때도 있었다. 그럼에도 불구하고 1차 경연인 뭍에서 밥 짓기에서 누나는 예상대로 쉽게 일등을 차지했다. 뚜껑을 열고 밥을 꺼내자 '땀'[21]쌀의 향기가 피어

---

21 멥쌀의 일종. 찹쌀처럼 찰기가 있다.

올라 모든 이의 마음을 흔들었다. 밥알이 백이면 백 하나같이 쌀알 본래의 모습을 유지하고 있으면서도 젓가락을 가져다 대면 물을 적당히 머금고 알맞게 익은 밥의 적절한 부드러움과 폭신한 느낌을 손바닥으로 바로 느낄 수 있었다. 밥을 퍼놓은 그릇이 솜을 담아놓은 그릇과 다를 게 없었다! 아주 까다로운 미식가 노인들로 구성된 심사위원단은 뚝 누나를 일등으로 올릴 수밖에 없었다.

2차 경연인 물위에서 밥 짓기로 넘어갔다. 경연 조건은 정말 엄격했다. 참가자에게는 아삭하고 부드러운 사탕수수 한 묶음과 냄비 한 개, 그리고 성냥 한 갑이 주어졌다. 찌꺼기로 불을 떼기 위해서는 사탕수수를 씹어서 즙을 모두 빨아내야 했다. 모든 동작이 조금도 남거나 모자라서는 안 되었다. 어떻게 하면 사탕수수가 다 타기 전에 밥이 적당히, 맛있게, 가장 빨리 익을지 계산을 해야 했다. 그래서 경연 명칭처럼 '후방을 담당하는 여성'이라는 의미에 꼭 들어맞았다. 대다수가 군인인 수천 개의 눈빛이 '얼굴을 똑바로 바라보고' 있는 상황에서 멜론 껍질 모양의 바구니 배가 물 위에서 계속 '쌀 방아를 찧는' 바람에 시작 무렵 뚝 누나는 당황했다. 하지만 일등은 역시 누나 손에 들어갔고 마지막 3차 경연까지 참가하게 되었다. 조건은 1차 경연과 같았다. 2차 경연의 '아내'가 3차 경연에서는 '엄마 역할'을 하게 되었다. '엄마'에게 한창 말썽 부릴 나이의 어린 아이가 건네졌다. 아이가 한

번 울기만 하면 경연을 망친 것으로 간주되는 것이었다. 그 옛날 누가 며느리를 고르기 위해 이런 놀이를 생각해냈는지 모르겠다. 뚝 누나는 그 의미를 알고는 부끄러워 얼굴을 붉혔다. 다행히 누나는 태생적으로 대단히 부드럽고 온화했다. 시작부터 끝까지 아이는 계속 '엄마'의 목을 끌어안고 마지막 한 줌의 사탕수수 찌꺼기를 사용할 때까지 손을 들어 '군인 아저씨들'에게 인사를 했다. 바로 그때 잘 익은 밥에서 올라오는 김이 뚜껑을 밀어올리고 활활 번졌다.

"당신은 육신을 가진 보통 사람이 아니라 백 가지 마법을 부리는 떰 아가씨[22]로군!"

누나의 귓가에 울려 퍼진 것은 '그'의 멈출 줄 모르는 칭송의 말이었다. 누나가 밖으로 나가기 위해 사람들 쪽으로 몸을 돌렸을 때, '그'는 마치 꼬리처럼 바로 따라붙었다. 누나와 조금 떨어져서 '그'는 버림 받은 자의 고통스러운 모습을 한 채 말없이 걸었다. 지금 또다시 바로 그 목소리에, 애걸스럽게 간청하는 색이 더해져 있었다. 뚝 누나는 동정심이 조금 흘러나오는 것 같았다. 그저 왜 그는 전장에 나가지 않았을까, 그 한 가지가 궁금할 뿐이었다. 당시 그러한 궁금증은 뒤쪽으로 '쳐진' 남자에게는 가늠하기 힘든 재해였다. 첫째, 그는 죽음이 두려웠을 것이다. 만일 그

---

22 한국의 『콩쥐팥쥐』에 비교되는 베트남의 설화 『떰깜』의 주인공. '떰'은 '콩쥐', '깜'은 '팥쥐'와 유사하다.

게 아니라면, 그의 몸에 병이나 장애가 있지 않았을까?

"여기서 뭐하는 거예요?" 뚝 누나가 부드러운 목소리로 물었다.

"결국 내 인내심이 헛되지 않았네."

"어느 누구도 진득하게 한 곳에 '눌러앉아' 있으라고 하지는 않았다고요!" 뚝 누나는 여전히 가벼운 목소리로 말했다.

'도둑이 제 발 저린다고' 남자는 뚝 누나의 빈정거리는 말뜻을 바로 알아차리고는 급히 말했다.

"내가 죽는 걸 무서워한다고 생각하지는 말아요. 내일 아침에 배낭을 걸치고 바로 전장으로 갈 거예요. 만일 오늘밤에…"

뚝 누나는 등줄기가 서늘해짐을 느꼈다. 그 틈에 남자는 더욱 더 가까이 다가와 있었다.

"달이 이렇게나 예쁜데 뚝의 마음은 왜 그렇게 얼음처럼 차가운 겁니까?"

"조심하지 않으면 당신을 현으로 압송하겠어요."

"뚝은 내가 편히 갈 수 있게 나에게 기회를 줄 수는 없는 건가? 내가 무슨 이유로 아직 전장에 나가지 않았는지 뚝은 알고 있어요? 당신을 사랑합니다…"

"만일 당신이 친구처럼 진심으로 나에게 관심 있다면 저 역시 진심으로 감사해요. 그저 그뿐이에요!"

"그저 그뿐이에요! 아이고, 어떻게 그렇게 잔인합니까. 내가 당신을 사랑하고, 당신이 없으면 안 된다는 걸 당신도 다 알면서. 내가 뛰어들 모든 것들 속에 당신이 없다면 내 인생에 무엇이 남을지 당신은 잘 알고 있어요. 계속 나에게 저주를 퍼붓고 개에게 하듯 욕을 해줘요. 방금 한 말처럼 지금 당신의 환경과는 어울리지 않게 잔인하게 굴지만은 말아 줘요."

내재된 대단한 여성성 덕분에 갑자기 뚝 누나의 마음은 누그러졌다. 어쨌든 그는 정말로 외로운 것 같았다. 남자들이 깨끗하게 사라져 버린 이런 시절에 그 남자처럼 잘생기고 고급스러운 사람이 어디서든 아내를 얻지 못하겠는가. 누나는 동정심이 일었다.

"여기 좀 앉아 보세요. 하지만 미리 말해 둘게요. 내 마음은 이미 다른 사람에게 주었어요. 당신의 감정이 진심이더라도 받아들일 자리가 더는 남아 있지 않다고요."

"거짓말하지 말아요." 남자가 외쳤다. "이렇게 간청하고 빌고 빌게요. 그저 나를 사랑한다고 말해주면 내일 난 안심하고 전장으로 나가서 공을 세우고 나서…"

망망한 두 눈에서 쏟아지는 망연한 시선과 마주친 순간 그는 멈추었다. 하지만 그는 아무것도 이해하지 못했다. 그때 뚝 누나의 눈 속에는 유일하게 단 한 사람밖에 없었다는 걸 그는 알지 못했다. '그 사람'은 누나가 푸른 비단 끈으로 묶은 꽃다발을 안고 달무리에서 걸어 나오는 모습을 보기를 꿈꿨다. 그리고 그는 누나가 그저 누나의 '그 사람'의 모습을 더욱더 분명하게 상기시

킬 수 있도록 도와준 남자일 뿐이었다. 뚝 누나의 눈은 더욱 망연해져서 신비로움으로 가득 찬 우주의 공간을 바라보았다. 몇 분 동안이나 움직이지 않고 있는 누나의 얼굴은 새하얀 나무에 새겨놓은 조각처럼 아름다웠다. 하지만 한순간 모든 것이 갑자기 사라져 버리고 모든 것이 박살나 버렸다. 뚝 누나는 눈앞에 검은 형체가 불쑥 날아오르더니 쓰러지면서 자신을 덮치는 것을 보았다. 누나의 온몸이 부스러져 곧 흙이 되어버릴 것 같았다. 누나는 캄캄한 구덩이 속으로 떨어지고 있는 듯 외로웠다. 짓이겨진 풀이 타다닥 터지는 소리와 함께 누나의 바로 코앞에서 별이 뜬 하늘이 빙빙 돌았다. 누나는 '이거 놔'하고 소리를 치고 싶었지만 남자의 손이 누나의 입을 꽉 틀어막고 있었다. 그는 거대한 파충류처럼 누나의 몸 위에서 꿈틀거렸다. 탐욕스러운 두 손은 잡히는 모든 것들을 으스러뜨리고 있었다. 누나는 숨이 막히고 구역질이 올라왔다. 누나의 온몸이 움츠러들었다. 달무리가 와르르 깨지고 피가 솟구쳤다. 하지만 그 순간, 신성한 것의 경계가 마지막 일초를 남겨두고 오욕의 나락 가장자리까지 밀려났을 때, 온갖 방법을 동원해 지켜야만 하는 믿음의 밑바닥, 고요함의 맨 끝에 숨겨져 있어 누나가 이제껏 경험해 보지 못했던 어떤 힘이 불끈 솟아나 누나가 몸을 뒤집을 수 있도록 도와주었다. 기회를 틈타 누나가 다리를 오므려 방향을 잃고 비틀거리는 검은 형체를 아주 세게 한 번 차자 그는 매 맞는 개처럼 외마디 비명을 질렀다. 누나는 벌떡 일어나 총을 붙들고는 뒤로 조금 물러섰다.

"이런 식으로 구애를 한다 이거지?" 뚝 누나의 목소리는 불처럼 타오르기 일보 직전이었다. "내 방식으로 너한테 대답을 해주겠어."

남자는 이어지는 판결을 들으려 계속해서 배를 움켜쥔 채 뒹굴었다.

"너 다른 사람들을 끔찍하게 죽일 생각으로 살겠다고 도망쳤던 거구나, 그렇지?"

"난 그저 내 사랑을 증명해 보이려고 했을 뿐이야."

"악마 같은 사랑! 총알 장전하기 전에 빨리 꺼져버려!"

남자는 엉금엉금 기어 일어나 찢어진 옷을 입고 고개를 숙인 채 그를 겨누고 있는 총구 앞을 지나갔다. 조금 걸어가다가 그는 돌아서서 만회하려는 듯 말했다.

"하고 싶어 죽겠으면서 아닌 척 하다니…"

"그래, 나 하고 싶어. 남자가 아주아주 그립다고. 하지만 너처럼 악마 같은 인간은 아니야."

"어쨌든 내가… 첫 남자잖아…"

남자의 목소리는 혐오스러울 만큼 처음과 달라져 있었다. 대꾸하는 대신 뚝 누나가 '철커덕' 노리쇠를 당기자 동시에 남자가 펄쩍 뛰었다. 누나는 입술을 앙다문 채로 목숨 걸고 도망가고 있는 검은 그림자를 따라 총구를 움직였다. 총부리가 놈의 등에 딱 달라붙자 누나는 바로 눈을 감았다. 하지만 번뜩 떠오른 생각과 함께 누나의 팔은 점차 아래로 굽었다. "그냥 살게 놔두자. 저런 인간은 사는 게 죽는 것보다 더 괴로울 테니까."

***

얼마나 많은 군부대가 우리 마을에 머물렀었는지 나는 더 이상 기억하지 못한다. 이삼십 번까지 됐을 수도 있다. 그때 떠나갔던 어린 군인들은 모두 언젠가 다시 돌아오겠다고 약속했었다. 하나가 죽어야 하나가 사는 전쟁 상황에서 '언젠가'라는 건 정말 멀게만 보였다. 수십 년이 지났지만 우리 마을에 머물렀던 수만 명의 전사들 중 다시 단 한 사람도 없었다. 하지만 늘 그렇듯 후렴구는 언제나 비장했다.

"언젠가는…"

역시 이삼십 번 정도 우리 마을은 열성적으로 편지가 오기를 기다렸다. 편지를 쓴 사람이 더 이상 존재하지 않을 때 북부 지역에 도착하는 편지도 있었다. 숨이 막 끊어지려고 할 때 서둘러 남긴 말처럼 안부 인사 두세 문장을 갈겨쓴 편지도 있었다. 편지를 가장 많이 받은 사람은 당연히 뚝 누나였다. 누나의 애정 어린 말들을 미처 읽지 못한 채 어느 숲속에서 살이 썩고 뼈가 으스러진 사람이 있을 수도 있다. 하지만 그 모든 군인들은 전부 세상 사람들에게 전쟁에 대한 수천 가지 비밀을 남겨둔 채 쓰러져 가면서도 누나의 모습을 지워버릴 수가 없었다.

뚝 누나는 수백만 명이 기쁨과 한탄으로 웃고 울던 바로 그 해에 서른다섯 살이 되었다. 우리 엄마와 뚝 누나는 여전히 만나면 서로 끌어안고 침대에 누워 함께 가슴 위로 주룩주룩 눈물을 흘렸다. 뚝 누나는 요란스러운 곳들이 무서워지기 시작했다. 전승의 기쁨과 함께 뚝 누나의 눈물방울들은 서른다섯 살 여자의 한탄에도 섞여들었다! 다시 정신이 들었을 때, 누나는 조용히 우체국으로 가서 남쪽으로부터 온 편지 더미를 미친 듯이 뒤졌다. 바다 밑바닥에서 바늘을 찾는 그 일을 누나는 말없이 한 달 내내 계속 했다. '언젠가'라고 약속을 했던 사람들이 보내온 어떠한 작은 신호도 보이지 않았다. 설마 전쟁이 그들을 전부 먹어치워 버린 것인가?

마을에서는 소곤소곤 말이 많아지기 시작했다. 눈이 안 보이거나 귀가 안 들리는 남편을 둔 덕분에 운이 좀 좋아 아이들을 수두룩하게 낳은, 누나와 같은 또래의 사람들은 미쳤다, 낭만적이다, 넋이 나갔다는 둥 누나를 무시했다. 그들이 가진 수많은 실용적인 이유들에 근거하면 이치에 맞지 않는 것은 전혀 아니었다. 그들은 이 나라에 군인들이 발길을 머물렀던 마을은 수없이 많다고 말했다. 게다가 전쟁이 끝난 후 그가 먼저 생각할 수밖에 없는 것들은 아주아주 많다는 것이다. 그 사람에게도 부모님이 있고 고향이 있다. 사람들은 모두 각각의 본분이 있는 거라고 그들은 말했다. 뚝 누나의 본분은 살아남은 누군가의 아내가 되어 하늘이 여자에게 부여한 의무를 다해야 하는 것이었다. 누나는 누구를 기다렸고, 무엇을 기다렸으며 그것은 누나에게 무엇을 가져다주었나? 초췌하고 고독한 숙명이었다. 눈앞에 나타나지 않았는가? 누군가의 한결같은 약속 말 덕분에 내가 살아갈 수 있었다는 걸, 모든 것을 지워버리기 위해 스스로 아주 비싼 값을 치러야 했다는 걸 전쟁이 끝나자마자 사람들은 바로 잊어버렸단 말인가? 그 시간들, 그 말들로 인해 뚝 누나는 숨이 막힌 듯 살았다. "설마 그 사람도 그런 무리에 속할까? 살아있다면 당신은 여전히 내가 달무리에서 걸어 나오기를 기다리고 있나요?"

얼마 후 마을 사람들은 뚝 누나가 무리에서 떨어진 해오라기처럼 남몰래 떠나버린 것을 알게 되었다. 이번에는 누나가 아무런 말도 없이 오랫동안 멀리멀리 가버린 것이었다. 마을 곳곳에서 여느 때처럼 드문드문 온갖 이야기들이 터져 나왔다. 입이 한가한 자가 수도 없이 많아서 그때마다 소문은 기괴했다. 어떤 사람은 누나가 남자에 목말라서 여러 사람들과 관계를 맺었다고 말했다. 또 어떤 사람은 뚝 누나가 결혼 시즌에 끊이지 않는 폭죽 소리를 견디지 못했다고도 말했다. 서른다섯 살 여자에게 이렇게 차고 건조한 바람이 쌩쌩 부는 계절이라니!

뚝 누나가 떠나고 몇 달이 지나 하오 형이 돌아왔다. 복 제방 위에서 하마터면 죽을 뻔했던 그날 밤과, 반첩보-비밀 유지조 조장의 건의에 따라 현으로 압송되었던 그 다음날 아침 이후로 형이 살아있을 줄은 아무도 몰랐다. 하오 형이 돌아온 것은 아무래도 우리 마을에서 가장 중요한 사건인 것 같았다. 형은 소령 계급장을 달고 새까만 혼다 '67'을 타고 뿌옇게 먼지를 일으키며 나타났다. 온 마을의 개들이 형을 마중하러 우르르 몰려나온 아이들을 따라 달려가며 귀청이 떨어져라 짖어댔다. 짐칸에 실린 수납장만 한 크기의 꾸러미를 본 우리 마을의 '낙후된' 눈들은 그 현대적인 모습에 눈이 부셨다. 사람들은 하오 형에게 관심을 돌리려 즉시 뚝 누나의 일을 잊어버렸다. 전쟁은 그저 아주 유익한 놀이였던 듯 형은 건장하고 혈색이 좋았다. 형은 큰 소리로 웃고 떠들며 한쪽 구석에 몰린 여자아이들의 뺨을 꼬집었다. 족 영감네 집은 호기심을 가장 많이 불러일으키는 곳이 되었다. '마을 사람의 정으로' 루비 담배를 한 모금 빨고 개털처럼 태우면서, 눈을 감았다 떴다 하는 일본 인형을 만져보기 위해, '남부 상황'을 물어보고 '거기에서는' 우리가 밖에 쓰레기를 버린 것처럼 물건들이 여기저기 마구 널려 있다는 말을 듣고, '하오 녀석은 뭘 했길래 그렇게 재산을 쓸어 모을 수 있었던 건지 보려고' 사람들이 몰려왔다. 그리고, 물론, '영관에까지 오른 아들을 둔 족 영감을 축하하기 위해서!'이기도 했다.

  "하오 녀석 좀 봐라!" "똑같이 배 아파서 낳았는데 그 집 아들은 '붉은 계급장을 가슴에 달고' 천하를 움직이면서 돌아와서는 아버지를 부양하잖니" 등등 하오 형은 우리 마을에서 돌았던 가장 흥미로운 훈화에 어김없이 등장하는 모범으로써, 우상이 되었다. 무엇보다 들을 만 했던 것은 하오 형의 입에서 나오는 말들이었다. 형은 시장 아낙네가 물건값을 말하듯이 전쟁에 대해 이야기했다. 프랑스 술 저장고들은 아직 주인이 없었기 때문에 누구든 원하는 만큼 가져갈 수 있었다고도 했고, 어느 커다란 창고에서는 찾아오는 사람이라면 누구에게나 도금 시계 한 개를 선물할수 있었다고도 했고, 자기가 타고 온 것과 같은 낡아빠진 오토바이는 아이들이 학교 갈 때 타고 가라고 집집마다 서너 대씩은 있다고도 했다. 백만이나 되는 저쪽 사람들의 희생은 마치 형 같은 사람들이 마음껏 자본주의자들과 지주들을 위협해서 옛날이야기에 나오는 것처럼 필요한 것이 있으면 바로 얻을 수 있도록 하기 위해서였던 듯 하오 형이 이야기한 모든 것들은 아주 흥미진진했다.

'물밀 듯'한 방문객의 물결이 가라앉을 때쯤, 다른 곳에서 손님들이 찾아왔다. 이 손님들은 말없이 출입하면서 대부분 눈으로 의견을 나누었고 갈 때는 집안사람이 골목에서 '길잡이'를 해주었다. 족 영감은 나무 깎는 일을 아주 그만두고, 토요일과 일요일이면 '가방 하나를 들고' 어딘가로 갔다. 모든 것들이 우리 마을의 호기심 어린 눈을 그냥 지나칠 수 없었다. 그들은 전부 알고 있었다. 하오 형이 아직 기본 중에 기본인 가늠자조차 볼 줄 모른다는 사실을! (이 정보는 정확했다. 왜냐하면 우리 마을에는 민병대가 있었는데 그 사람들이 하오 형을 교관으로 초빙한 적이 있다고 말하는 걸 들었기 때문이다.)

하오 형은 휴가 기간을 삼일이나 넘겨 버렸다. 형이 좀처럼 결혼을 하려고 하지 않는다는 이유로 쪽 영감은 우울해졌다. 왜 형이 우물쭈물하면서 돌아가지 않는지 관해서만큼은 영감도 온 마을 사람들도 그 누구도 알지 못했다.

하오 형은 뚝 누나를 기다리고 있었다. 형은 그 옛날 복 제방 위에서 있었던 누나와의 일로 아직 앙심을 품고 있었다. 하지만 형의 기억 속에서 천사 같은 누나의 얼굴은 견딜 수 없는 도전이었다. 그것은 형의 생각 속에서 커져만 가고 있는 복수심을 억눌렀다. 형은 여느 때처럼 계속 무릎을 꿇어야만 했다.

형이 휴가 기간을 넘겨버린 것은 역시 헛되지 않았다. 이틀 후면 형이 '뭉그적뭉그적' 머무른 지 딱 일주일이 되는 시점에서 하루가 지나 뚝 누나가 돌아왔다. 십 분 만에 '우리 마을 뉴스' 프로그램에서 '뚝 누나 이야기'는 '하오 형 이야기'를 싹 지워버렸다. 하오 형은 일부러 붉은 계급장 한 쌍이 두드러진 소령 군복을 벗지 않았다. 어떤 아이가 혀 짧은 소리로 '뚝 아줌마'라고 말하는 소리에 식은땀이 솟아난 그는 불현듯 깜짝 놀랐다. 그렇지! 그 여자는 곧 마흔 살이 된다. 나는 왜 그 사실을 까맣게 잊고 있었

단 말인가? 에잇, 제기랄! 나를 빠져들게 하고 언젠가 다시 돌아
오기 위해 온갖 수단을 써서 나를 살게 하고 또 온갖 수단을 써서
영광을 얻게 한 그 모든 것들을 사라지게 만든 여자를 기다리고
있다니, 나는 정말 헛수고를 하고 있군. 그렇긴 하지만 '그 여자'
가 어떤지는 봐야 되겠지!

　하오 형은 예전에 뚝 누나로부터 총으로 위협을 당했던 바로
그 장소에서 누나가 지나가기를 기다리기로 했다. 형은 멀리서
누나를 알아보지 못할까봐 루비 담배를 주고 누나를 대신 알아봐
줄 아이를 고용했다. 그리고, 형이 기다리던 사람이 결국 나타났
다. 저기 그녀라고 아이가 '신호를 보내자' 형의 심장은 평소와는
다른 리듬으로 가볍게 두근거렸다. 저 사람이 그녀라고? 어떻게
믿을 수 있단 말인가. 지금 가장 중요한 것은 내가 누구인지 그녀
가 알지 못하게 하는 것이다. 얼굴빛이 창백하고 약간 붓기가 있
는 여자가 형 쪽으로 똑바로 다가오자 형의 온몸은 땀으로 흠뻑
젖었다. 도망치기에는 늦어버렸다. 그리고 그 여자가 말없이 지
나가자 그는 안도의 한숨을 내쉬었다. 이제야 탈출이다! 아주 재
빨리 슬쩍 빠져나가야 했다. 여자가 한 번 어깨 너머로 눈을 돌려
형의 살찐 목을 보고는 적지 않게 감동했다는 걸 형은 알지 못했
다.

　다음날 아침, 하오 형은 닭이 울 무렵 떠나버렸다. 온 마을 개
들이 복 제방까지 형의 오토바이를 따라갔다. 길에는 물소 발자

국이 가득해서 오토바이는 꿀렁꿀렁 춤을 춰야 했다. 거기서부터 현까지 하오 형은 단 한 번도 뒤를 돌아보지 않았다.

뚝 누나의 일기

......일

나는 하노이 우체국에 있는 거대한 편지 더미를 거의 다 뒤졌다. 여직원들은 정말 좋은 사람들이었다. 그들은 매일 복잡한 요구사항들에 더해 나의 괴상한 요구사항까지 응대해야 했다. 그가 어디에 있는지는 아직 보이지 않는다. 저기, 무슨 끼에우지? 만일 바로 그 옛날의 끼에우 오라버니라면 그 사람에 대해 조금은 알 수 있을 것이다. 내 심장은 어지럽게 뛰기 시작했다. 이걸 어쩌지? 나는 벌벌 떨며 봉투를 앞뒤로 살펴보았다. 젠장! 남자 끼에우가 아니라 여자 끼에우였다. 나처럼 편지 더미를 뒤지는 사람이 몇 명 더 있었는데 이따금 한 사람씩 고함을 치며 미친 듯이 거리로 달려 나가곤 했다. 언제 내 차례가 오려나? …

내가 하 마을에서 자취를 감춘 지 오늘로써 이틀이 되었다. 지금 사람들이 나에 대해 어떤 생각을 하는지는 모르겠다. 미친년! 그 사람들은 내 알 바 아니다. 나는 그저 레가 가여울 뿐이다. 레는 사는 게 너무 힘겹다. 결혼을 한 지 칠 년이 지나도록 아이가 없어서 여론의 뭇매를 전부 견디고 있는 중이다. 거기에 시아버지까지 악독해서, 사람의 형체를 한 악마나 다름없다. 아들이 침대를 뒤집고 폭풍우가 몰아치는 한밤중에 레를 집밖으로 쫓아버리도록 계략을 세운 이가 바로 그 노인네였다. 뜻하지 않게 먼저 사당까지 물어물어 찾아온 자도 바로 그 시아버지였다. 그 노인네가 어떻게 간청을 했는지 레는 아직도 나에게 말해 주지 않는다. 하지만 레의 얼굴을 보면 그녀가 이제야 겨우 원한을 풀었다는 걸 충분히 짐작할 수가 있었다… '그 방법'을 써서 그녀는 남편네 식구들의 위선적인 도덕의 장막을 찢어발겼다. 한 가문을 파멸시키려는 듯, 그녀는 그들을 잡아 부도덕의 미로 속에 감금시켜 버렸다.

하 마을은 요즘 아주 많이 변했다. 사람들은 이런저런 이야기들에 관심을 두지 않는 습관을 들이는 연습을 시작했다.

……일

그는 여전히 보이지 않는다. 다 해서 사십 명이나 되는 마인이 있었지만 내가 아는 마인은 없었다. 아니면 내 충심을 시험하기 위해 그가 나를 저쪽 세상으로 잡아가서 아직도 그를 찾아 헤매게 만드는 건지도 모른다. 정말 불길하다! 나는 아직도 믿는다. 아직 살아있다면 반드시 그는 돌아올 것이다. 지금 달은 푸르다.

……일

돌로 만든 벤치 위에 어느 상이군인이 홀로 앉아 있는 모습을 보니 갑자기 그런 생각이 떠올랐다. 주변의 활기찬 세상은 아무래도 그에게는 닿지 않는 것 같았다. 왜 그렇게 슬퍼하는 거예요? 그는 다리 한 쪽과 팔 하나가 잘려 있었고 얼굴에는 상처가 가득했다. 각고의 세월이 묻어난 그의 얼굴은 오후의 하늘 같은 고요히 새겨졌다. 그의 눈은 구체적으로 그 어느 것에도 향하고 있지 않았다. 나 말고 또 누가 저 불구자에게 신경이나 쓸까? 그가 앉아 있는 곳으로부터 몇 미터 떨어진 곳에서 남녀 커플이 고양이처럼 서로를 희롱하고 있었다. 아이고, 날이 아직 어두워지지도 않았는데 저러고 있다니… 더 이상 잔인할 수 없는 모습에 나는 도망치고 싶었다… (아니면 너 저 사람들을 질투하고 있는 거니, 뚝?) 적어도 자기들 바로 옆에 거의 모든 것을 상실한 자가 외롭게 앉아 있다는 걸 그들 역시 알아야 했다. 근데 정말 이상했다! 바로 그 점까지도 그에게는 닿지 못했다. 눈으로는 역시 도망가고 싶어 하는 별들을 바라보면서 그는 줄곧 말없이 앉아 있었다. 그의 모습은 흑백 사진 속 그림자 같았다. 갑자기 그는 눈을 들어 나를 바라보았다. (왜 나를 바라보는 거예요?) 아이고, 그 사람의 한없이 슬픈 두 눈을 견뎌낼 힘이 어찌 나에게 있었겠는가. 달빛이 가득한 정원에서 깜깜한 어둠의 조각들이 하나씩 쏟아져 나오고 있는 듯한 두 눈을 말이다. 이제는 내가 꼼짝 못하고 앉아 있게 되었다. 현대를 사는 그 두 사람은 일을 끝마치고 나서 피곤하고 지루해졌다. 자신들의 두 다리를 짓누르는 무게를 떨치고, 힘을 되찾기 위해 그들은 어느 식당 안으로 함께 들어갔을 것이다. 그들이야

160

말로 고독한 자들인 것 같았다!

"날이 어두워졌소!"

나는 깜짝 놀라 무서워하며 언제부턴가 옆에 있던 그를 올려다보았다.

"네, 어두워졌네요." 나는 기계처럼 대답했다. "여기서 누굴 기다리세요?"

"아무도? 그저 혼자만의 세계에서 따로 있는 걸 좋아하니까!"

"매일매일 그러세요?"

"반년 됐소… 그리고 평생 그럴 거요."

나무 의족으로 돌바닥을 또각또각 두드리면서 등허리가 밤의 장막 속으로 녹아들어갈 때까지 그는 점차 멀어져갔다. 아, 나의 '그'도 저 상이군인과 같을지 누가 알겠는가? 과거에 대한 추억으로 스스로를 괴롭히기 위해 '그' 역시 내가 결혼을 해서 아이들까지 있다고 상상하고 있을지 누가 알겠는가? 아니에요, 내가 당신을 찾을게요. 당신 뺨을 한 대 때려줄 거예요…

……일

모두 열여덟 곳의 중증 상이군인 캠프를 찾아갔지만 어디에도 그는 없었다. 열여덟 곳의 캠프를 가득 채운 상이군인들은 모두 서로 비슷한 대답을 나에게 해주었다. "그 사람은 죽었을 수도 있소." 왜 그들은 전우에 대해 그렇게 말을 하는 걸까? 아, 어쩌면 그들은 자기 자신에 대해 말하는 것인지도 모른다. 그들은 전우를 대신해서 나를 시험할 권리를 스스로에게 준 것이다. 아니, 그건 그가 아직 살아있고 내가 미처 찾아가지 못한 마지막 상이군인 캠프에서 나를 생각하며 괴로워하고 있다는 증거다. "어떻게 내가 이 나라에 있는 수많은 상이군인 캠프를 전부 알 수 있겠어요." 나는 그에게 몹시 화가 났다.

……일

지금까지 삼 개월 간 희망도 없이 쓰라린 믿음으로 나는 헤매고 다녔다. 나는 돌아와 그날의 돌 벤치 위에 앉았다. 그 상이군인은 아직도 전에 말한 반년 동안의 '혼자만의 세계'에 석달을 더 보태고 있었다. 거기서부터 몇 미터 떨어진 곳에는 그날의 '현대를 사는' 커플이 아니라 누군가가 실수로 두고 간 꽃다발이 있었다. 짙은 보랏빛의 꽃다발이 오후의 하늘 아래에 놓여 있는 모습은 마치 핏자국이 번지는 듯 보였다.

"날이 어두워졌소."

"네, 어두워졌네요!"

"여기서 누구를 찾고 있지?"

"'아무것도'요! 그냥 돌아온 것뿐이에요."

"그렇게 믿고 있었지!"

"뭘 믿었다는 건지."

"아가씨가 돌아올 거라고 믿었다는 거요."

"진짜 이상하네!"

"그래요, 아주 이상하죠. 일 톤이나 되는 쇠붙이들이 내 위로 쏟아졌는데 내가 이렇게 살아서 돌아와 있는 것만큼이나 이상하지. 왜냐하면 (그의 목소리에 아픔이 묻어났다) 아가씨처럼 무언가를 찾지 못한 사람이 늘 있다는 걸 나는 알고 있기 때문이오."

"그리고 당신처럼 '아무도 기다리지 않는' 사람도 있죠?"

"아니요, 나와 아가씨 모두, 우리는 전부 거짓말을 하고 있소. 아가씨는 지금 잃어버린 것을 찾고 있는데 아가씨에게는 그 무엇도 대신할 수가 없지. 그래서 이 세상에는 아가씨가 찾아야 할 만한 게 더 이상 남아있지 않은 거요. 그리고 나는, 나는 한 사람을 기다리고 있소."

"저도 한 사람을 기다리고 있어요. 하지만 그는 죽었어요. 그 사람이 당신과 비슷하다고 생각할 때가 있어요. 당신도 나와 비슷한 여자가 당신을 기다리고 있다고 생각할 때가 있나요?"

"내가 열정적으로 전쟁에 뛰어들 때 나는 아직 그 누구하고도 결혼을 약속하지 않았었소. 그때 나는 막 열여덟이 되었고 아마도 그 점은 큰 행운이었던 것 같소. 이 세상에는 바로 지금 이 순간에도 나 때문에 양심의 가책을 느끼는 사람이 아무도 없는 거잖소. 부탁하지. 지금 바로 이곳을 떠나시오. 꿈은 그저 스쳐지나가도록 놔두어야 할 뿐이라오. 영원히 계속된다면 인내심만 요하게 될 거요. 게다가 나도 얼마 더 살지 못할 거고."

그는 비틀거리며 일어섰다. 몸이 한 쪽으로 기울었다. 내 가슴

속에서 재촉하며 쓰라리게 뛰고 있는 심장 소리만 남을 때까지 또각또각 소리는 멀어지고 또 멀어졌다.

……일

그가 돌아왔다. 단호하고 오만한 또각또각 소리는 여전했다. 이번에는 일전에 그가 했던 말을 내가 상기시켜 주었다.

"내가 어떻게 믿든 당신은 돌아왔네요."

"진짜요?"

"바로 자기 입으로 날이 어두워졌다고 말해 놓고서 설마 나를 혼자 남겨 두었던 거예요?"

그는 내 눈을 뚫어져라 바라보았다. 표정이 어린애처럼 갑자기 밝아졌다. 그에게 내 인생을 바치려는 순간 내가 왜 그토록 격하게 울었던 건지는 알 수 없다. 그 사람 역시 울었다… 그때 나는 믿었다. 그의 눈물이 나의 눈물에 녹아들기만 한다면 천사들이 거기에서 걸어 나올 것이라고.

……일

이제껏 나는 그렇게까지 이상한 남자의 얼굴을 본 적이 없었다. 입가에 서린 고통에 가까운 무언가와 함께 눈 깊은 곳에서는 미친 듯한 분노가 약간 비쳤다.

"진짜야?"

"한 달이나 됐는걸요!"

그는 말없이 앉아서 손으로 자신의 가느다란 혈관들을 더듬었다. 그 사람이 들었는지는 모르겠다. 나는, 오랫동안 위대하게 들릴 듯 말 듯 뛰고 있는 두 심장의 공명처럼 머나먼 세상으로부터 무언가 신호를 보내오는 소리를 분명히 들었다.

"진짜!" 그의 이가 반짝였다.

"네, 진짜요!"

그는 벌떡 일어서더니 미친 듯이 고함을 쳤다. "진짜다! 진짜!" 돌바닥을 두드리는 나무 의족 소리가 행진곡 소리처럼 쌓여갔다.

삼일 후, 병이 심각하게 재발하여 그는 죽었다.

*****

지금 누군가 하 마을에 가서 뚝 누나에 대해 묻는다면 누구에게서든 이런 대답을 듣게 될 것이다. "사생아를 밴 뚝 말씀하시는 거지요? 마을에서 누가 모르겠어요? 한때 사랑에 미쳐서 떠돌아다니더니 아이를 하나 데리고 돌아왔지 뭐예요. 왜인지는 모르겠지만 그때부터 지금까지 벙어리처럼 조용히 살고 있지요. 근데 말이지, 아들 녀석이 어찌나 잘생겼는지, 꼭 그림 속에서 튀어나온 것 같다니까. 아이고, 미인박명이라더니. 그때 건방 떨지 말고 하오랑 결혼했으면 지금 한평생 편하게 살고 있지 않겠어! 우리 마을에서 그 사람 정도면 꽤 괜찮은 건데 말이야. 입대는 했는데 전쟁터에도 안 나가, 총알 하나도 안 쏴봐, 근데 소령까지 갔잖아요! 지금 좀 물어보죠, 누가 그 사람만큼 편안한지. 아내가 남다른 사고방식에 고집이 세고 못생기긴 했지만 권세가의 자제라 재산이 물 흐르듯 들어왔다고요. 그 이는 장인 옷자락에 딱 붙어있기만 했는데도 휙휙 잘나갔지 뭐예요. 네, '사생아를 밴 뚝'이라고 말하면 온 마을 사람들 그 누구도 모르지 않을 거예요!"

그 옛날 뚝 누나가 마을에서 가장 예쁘고 재능 있고 일도 잘했다는 걸 기억하는 이는 그들 중 몇이 되지 않았다.

여전히 날아가는 흰 구름

바오 닌 (Bảo Ninh)

바오 닌 Bảo Ninh | 소설가

바오 닌은 1952년 1월 18일 응에안에서 태어났다. 본명은 호앙 어우 프엉이다.
1969년부터 1975년까지 전쟁에 참여했다. 1987년에 첫 작품『일곱 난장이 캠프』를
출간했다. 1991년에『전쟁의 슬픔』으로 베트남 작가회 최고작품상을 받았다.『전쟁의
슬픔』은 전세계 18개국에 번역 소개되었다.『전쟁의 슬픔』으로 1995년 영국『인디펜
던트』번역문학상, 1997년 덴마크 ALOA 외국문학상, 2011년 일본『일본경제신문』
아시아문학상, 2016년 심훈 문학상, 2018년 광주 아시아문학페스티벌 아시아문학상
을 수상했다.

비행기가 빗속에서 이륙했다. 비행기에 전달되는 바퀴 접히는 소리가 평소보다 강했다. 아내의 말을 듣지 않은 것이 후회되었다. 당연히 표를 환불하고, 이 비행기를 타지 않았어야 했다. 날도 나쁘고, 시간도 나쁘고, 날씨도 나쁘다.

비행기가 발을 헛디딘 것처럼 한번 크게 휘청거렸다. 내 옆에 앉은 양복신사가 창백해진 얼굴로, 눈을 질끈 감고, 입술을 덜덜 떨었다. 나는 의자를 붙잡고 있는 손가락에 힘을 꽉 주었다. 깊은 나락에 걸려 있는 내 작은 몸이 점점 더 깊은 곳으로 빨려 들어갔다.

"구름이 바로 바깥에 있구려, 아저씨들." 맨 안쪽 좌석, 창가에 앉은 할머니가 소리쳤다.

필수고도에 도달한 TU 비행기가 반듯하게 날기 시작했다. '안전벨트를 착용하세요'라고 쓰여있는 글자 전등이 꺼졌다. 하지만 창밖에는 여전히 구름이 너울거렸다.

"구름이 너무 가까워. 손을 뻗으면 잡을 수 있겠어." 할머니는 말했다. "진짜로 마당의 나뭇잎 같아."

양복신사가 속눈썹을 들어 올렸다. 입술을 굳게 다문 모습은 그대로지만 긴장했던 기색에서 화난 기색으로 바뀌었다.

"그런데 왜 그렇게 많은 사람들이 비행기가 구름보다 높이 난다고 그런 거죠, 아저씨들?"

양복신사는 아무 말도 하지 않았다.

"하늘이 어딘지 땅이 어딘지 알 수가 없는데, 어떻게 길을 알고 공항으로 가는 거야, 아저씨들?"

대답을 듣지 못하자, 할머니 더이상 묻지 못했다. 할머니는 가만히 앉아, 품에 바구니를 꼭 안았다. 작고 오그라든 할머니 몸이 의자 속에 파묻혀 있는 듯했다.

승무원이 푸드카트를 밀고와 기내식을 건넬 때, 할머니는 쟁반을 받으려 하지 않았다. 그러면서 말했다. 음식이랑 물도 이상하고 젓가락이랑 그릇 모양도 너무 낯설구려. 게다가 일찍 배불리 먹기도 했어요. 그리고 사실, 솔직히 말하자면 이 할미는 돈이 별로 없어요. 그러자 승무원은 할머니를 안심시켜 드리기 위해, 식사 가격은 이미 푯값에 포함되어 있다고 친절하게 설명했다.

"어쩐지 왕복 비행기에 수백만동이라더니." 할머니는 말했다. "그런데 아들과 같은 부대에 있는 공군 아저씨들이 나한테 표를 줄 땐, 십만동 정도 들었다고 했어요. 아저씨들이 나한테 표를 줬으니까 내가 갖고 있지, 촌구석에서 백만이니 십만이니 그렇게 물을 일도 없고, 천이니 백이니 하는 말도 꺼내기 힘들어요. 돈 구경할 일이 아예 없으니까."

할머니는 접혀 있던 좌석 테이블을 내리기는 했지만, 음식을 올리지는 않았다. 그러고는 쟁반 위에 있는 모든 음식물을 바구니 속에 담았다. 할머니는 조금도 먹지 않았다. 승무원이 마실 것을 가지고 왔을 때, 그저 생수 한 잔만 달라고 했다. 할머니는 승무원에게 물었다.

"벤하이 강에 거의 다 왔지?"

"예." 승무원 아가씨는 손목시계를 보았다. "한 몇 분 정도 남았어요. 하지만 할머니, 우리는 바다 위를 날고 있어서 강을 건너지 않고, 단지 17도선 하늘을 가로지를 뿐이에요."

"좀 이따가 이 둥근 문 좀 열어줘요. 바람 좀 쐬고 싶어."

"아이고, 문을 어떻게 열어요." 아가씨가 웃음을 터뜨렸다.

햇빛이 비치는 창밖으로 비행기 날개가 반짝거렸지만, 아주 잠시뿐이었다. 이 높은 하늘에도 구름은 여전히 끼어있었다. 나는 회전그네에 앉은 듯 속이 울렁거렸다. 이번처럼 힘든 비행은 처음이었다. 태풍이 현재 중부지역을 지나고 있어 공기가 심하게 요동치고 있는 듯했다. 비행기가 휘청휘청, 비틀비틀거렸다. 몸체와 바닥이 곧 금이라도 갈 듯 빠지직 빠지직 소리를 나지막하게 났다.

양복신사가 성냥으로 담뱃불을 붙였다. 담배중독인 나도 지금은 연기가 따갑게 느껴졌다. 당연히 공항에 내려서 마음껏 피울 것이지 이 아침 코앞의 '금연' 글씨를 무시해야 하는가. 나는 굼뜨게 속으로 생각했다. 나는 신문으로 얼굴을 덮고 눈을 감았다. 서서히 졸음이 밀려왔다.

"뭐 하는 거야? 이 늙은이!"

나는 깜짝 놀랐다. 잠에서 깬 것은 고함소리 때문이 아니었다. 내 옆에 앉은 자는 고함소리를 크게 내지르진 않았다. 단지 윽박지르고 있었다, 나지막히 윽박질렀을 뿐인데, 충분히 들릴 만한 소리였다. 하지만 깜짝 놀란 듯한 음성과 목소리에 담긴 거친 심사는 다른 사람의 뺨을 찰싹 때리는 듯했다. 나는 신중하게 곁눈질을 했다. 담배연기와 커다란 어깨가 할머니와 창문 모두를 가리고 있었다.

"이봐요, 아가씨, 승무원!" 말끔한 차림의 그가 일어서서 꾸짖었다. "이리 와서 봐봐! 이게 항공기야 부엌 구석이야. 이게 비행기야 묘지야, 엉?"

"제발, 아저씨." 할머니는 겁을 먹었다. "아저씨, 제발. 오늘이 우리 아들놈 제삿날이에요. 30년 되었어요. 아저씨, 제가 이제야 아들놈이 죽은 곳에 왔어요."

그자는 내 허벅지를 비스듬히 건너뛰듯이 넘어 통로쪽으로 나갔다. 부글부글 화를 끓이는 붉은 얼굴에, 경멸어린 표정을 담고 있었다.

할머니는 조용히 앉아, 몸을 앞으로 숙이며 두 손을 합장했다. 깡마른 체구였다. 좌석 테이블엔 제사에 쓰는 꽃, 파란 바나나 다발, 유품이 차려져 있고, 쌀이 담긴 유리컵엔 향 세 개가 꽂혀 있었다. 컵에 담을 수 있는 손바닥 크기의 코팅 사진도 있었다.

여승무원이 급히 왔다. 그녀는 내 옆에 우뚝 서 있었다. 소리를 지를 수도 없고, 입도 뻥긋 할 수 없었다. 그녀는 그저 조용히 바라보기만 했다.

비행기가 구름을 뚫고 높이 올라갔다. 바닥이 기울어졌다. 할머니의 자그마한 제사상도 약간 기울어졌다. 나는 몸을 돌려 사진이 떨어지지 않도록 붙잡았다. 그 사진은 한 신문에서 오려낸 것인데, 아주 오래된 것이었다. 하지만 사진 속 비행사는 아주 젊었다.

찬 공기의 비행기 속에 향불 연기가 가볍게 흩날리며, 부드럽게 피어오르더니 흐릿하게 퍼졌다. 하늘에서 퍼지는 향 내음이 향긋했다. 창밖 대양의 하늘이 밝게 빛났다.

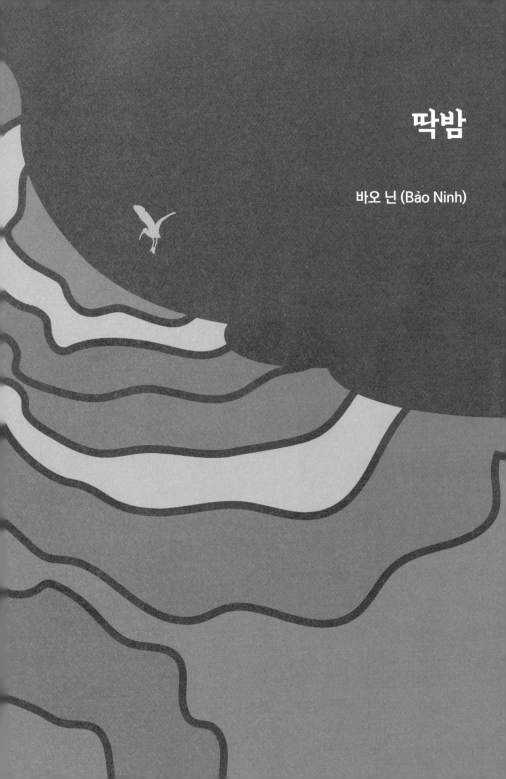

딱밤

바오 닌 (Bảo Ninh)

바오 닌 Bảo Ninh | 소설가

바오 닌은 1952년 1월 18일 응에안에서 태어났다. 본명은 호앙 어우 프엉이다.
1969년부터 1975년까지 전쟁에 참여했다. 1987년에 첫 작품 『일곱 난장이 캠프』를
출간했다. 1991년에 『전쟁의 슬픔』으로 베트남 작가회 최고작품상을 받았다. 『전쟁의
슬픔』은 전세계 18개국에 번역 소개되었다. 『전쟁의 슬픔』으로 1995년 영국 『인디펜
던트』 번역문학상, 1997년 덴마크 ALOA 외국문학상, 2011년 일본 『일본경제신문』
아시아문학상, 2016년 심훈 문학상, 2018년 광주 아시아문학페스티벌 아시아문학상
을 수상했다.

그해 내가 막 열여섯 살을 지날 때였다. 그리고 인생에서 처음으로 사랑에 빠졌다. 여학생을 사랑했다. 너무 일렀던 것일까?

하지만 그럴지라도, 둘 다 순진무구했다. 둘 다 인생 속에서 아는 게 별로 없었다. 나와 히엔은 서로 사랑에 취해 있었는데, 아주 해맑게 취해 있었다.

사랑을 하게 된 첫 순간이 언제인지 깨닫지도 못했다. 단지 알고 있는 것은 고등학교를 몇 년 다닌 끝에 같은 반이 되었다는 것이다. 그리고 어느 순간에 이르러 우리가 갑자기 깨달은 것은 우리의 삶이 서로에게 속해 있다는 사실이다. 얼마나 많은 여학생이 같은 반에, 같은 학교에, 이 세상에 있었던가. 하지만 내겐 하나만 보였다. 하나의 눈빛, 하나의 목소리, 웃음, 자태. 그리고 내가 깨달은 것은 나는 히엔이 필요로 하는 유일한 사람이고, 히엔이 단지 나만 사랑한다는 것이며, 나는 히엔의 것이라는 사실이다. 평생 곁에 함께 있을 수 있도록, 우리는 종합대학 화학과에 같이 지원했다. 사실은 히엔만 그 학문을 좋아하고 잘했지만 나는 아무 상관 없었다. 나는 노력할 것이다. 희망 직업과는 약간 반대였지만, 히엔과 결코 떨어지지 않을 것이니 됐다.

학창시절 마지막 시간은 필연적으로 흘러갔다. 드넓은 하늘, 훌륭한 약속들이 눈앞에 열렸다.

그날 우리는 고등학교 졸업시험의 마지막 과목을 시험봤다. 다들 안도의 한숨을 쉬었다. 학교 정문에서 헤어지면서 히엔은 약속했다. "오늘밤 우리 놀러 가, 자기. 우리 엄마가 분명 허락하실 거야." 나는 정신이 얼떨떨해졌다. 처음으로 히엔이 나를 '자기'라 불렀다. 처음으로 히엔이 밤 약속을 했다.

그날 밤, 둘이 같이 다니는 것을 허락받는 게 어렵지 않았다. 히엔의 엄마는 우리 둘이 한 자전거에 같이 타는 것을 허락하셨다.

나는 훨훨 나는 듯한 행복감에 젖어 자전거 페달을 밟았다. 내가 느낀 것은 무거움이 아니라 가벼운 부드러움이었고, 내 사랑의 여리고 매력적인 모습이었다. 분명히 여러분도 알 것이다. 그 당시 열일곱 살 나이의 우리는 서로 사랑할 때 결코 탁하게 티끌이 섞이지 않았다. 서로 사랑하면 할수록 서로의 몸을 더욱더 지켜주려고 했다.

바로 그 순결한 마음씨처럼 그 나이의 사랑은 몽환적이고, 어렴풋한 낭만 같은 것이었다. 인생의 딱밤 한 대조차 견딜 수 없을 정도였다.

그날 밤, 한 시간 한 시간, 시간을 늘려가며, 둘이 서로를 바래다 주면서 도시를 배회했다. 여름밤이었다. 길은 점점 인적이 잦아들었다. 뿔뿔이 흩어져 있는 가로등 불빛에, 나무들과 사람들의 모습이 깜박 깜박거렸다. 마치 거리엔 우리 둘이 주고받는 소리만 울려 퍼지는 듯했다. 나는 히엔에게 말했다. 히엔은 나에게 말하고, 내 말을 들었다. 우리는 나지막이 웃었다. 우리는 가만히 침묵했다가, 아주 작게 소리 냈다. 그런데 문득, 뒤쪽에서 목이 칼칼한 소리, 소란스런 소리가 들려왔다. 말을 하던 도중에 히엔이 말을 하다 멈췄다. 나는 고개를 돌렸다. 거의 자전거 열 대 정도가 나란히 늘어서서 우리 뒤를 따라왔다. 담뱃불빛이 험한 얼굴들을 비추었다. 나는 빠르게 페달을 밟았다. 뒤따르던 무리도 빠르게 페달을 밟았다. 그들이 지나갈 수 있게 속도를 늦추면 그들도 즉시 속도를 늦췄다. 호앙 지에우 길은 고요했고, 어두웠으며 정말 길었다. 꽂 꺼 오거리까지는 아직 멀었다.

나는 어떻게 대처해야 할지 몰랐다. 우리에게 달라붙은 무리들은 싸움을 걸거나 시비를 걸지도 않고, 깡패 같은 수작을 부리지도 않았다. 그들은 마치 내가 아예 없는 것처럼 행동하면서, 그저 히엔만 졸졸 따라다녔다. 그들은 농담 반 진담 반으로 쓸데없는 질문을 던지고, 뻔뻔스럽게 놀리면서 집적거리고, 서로 동의하며 마음껏 쾌활하게 웃었다.

심지어 노련한 사람들도 이런 상황에서는 역시나 마음을 다스리며 참아야 한다. 하물며 나 정도쯤이야. 나는 입을 다문 채 페달 밟는 것에 몰두했다. 히엔은 덜덜 떨며 내 쪽으로 몸을 웅크렸다. 아마도 역시 나처럼, 히엔도 숨을 쉬면서 김을 토해내지 못했으리라. 공포와 수치심으로 온몸이 기절 직전까지 마비되었다.

물론, 우리는 오래 견디지 않았다. 안정된 가정에서 자란 청소년 연인이라 치욕을 침묵으로 삼켰다. 침묵 앞에서 그들은 금세 흥을 잃어버렸다. 못마땅하고 싫증도 나서 그들은 포기하고, 다들 자전거를 멈춰 세웠다.

나는 더욱더 세게 페달을 밟았다. 심장이 쿵쿵 뛰었다. 어느 정도 멀리 떨어졌을 때, 페달을 천천히 밟았다. 나는 진정하려고 애를 쓰며, 숨을 골랐다. 히엔을 위로할 말을 찾으며 고민했다. 그런데 뜻밖에도 다시금 삐그덕 삐그덕 페달 밟는 소리가 들리더니, 가까이 다가왔다. 그런데 이번에는 우리를 뒤쫓던 무리 중 단지 한 명이었다. 내 자전거와 나란히 가게 되었을 때, 놈이 온몸으로 밀쳤다. 덩치 크고, 어깨 넓고, 반바지에 티셔츠, 까까머리, 자전거 경주를 즐기는 자다. 나는 두려움을 이겨내고, 천천히 페달을 밟으며 방어태세를 했다.

"야!" 놈이 얼굴을 내 얼굴 가까이 들이밀었다. 놈의 나이는 서른이 넘어 보였다. 광대뼈가 툭 불거지고, 턱이 단단하고, 구레나룻이 있고, 목소리가 낮았다. "네 애기 너무 맛있어 보이는 걸. 향기로운 살 냄새. 분명 알고 있어야 해, 맞지?" 놈은 충분히 들으라는 듯, 차근차근 말했다.

나는 창백해졌다.

"이봐!" 놈은 내 어깨를 두드렸다. "너희들 둘이 말야… 했지?"

혀를 둥그렇게 말더니, 놈은 우리 얼굴에 대고 발정기 동물들의 동사를 모두 뱉어냈다. 놈은 버젓이 자전거로 주위를 뱅뱅 돌다가 어느 순간 빠르게 돌진하며 사라졌다.

정신이 멍해져서, 하마터면 내 자전거가 쓰러질 뻔했다. 나와 히엔은 어두운 밤거리에 아주 오랫동안 가만히 서 있었다. 조금도 까딱하지 않고, 서로를 바라보지도 않고, 서로에게 온전한 말 한마디 건네지 못했다.

집 앞에 왔을 때, 히엔은 자전거에서 내리더니 뭐라고 중얼거린 다음, 불쑥 문으로 들어갔다. 나는 자전거를 되돌려, 빠르게 페달을 밟으면서 집으로 돌아왔다.

그로부터 사랑은 나락으로 떨어졌다. 우리는 서로 얼굴을 피했다. 나는 종합대 화학과에 시험을 보고 합격했다. 히엔은 지원을 포기하고 더이상 종합대 시험은 보지도 않고 다른 학교 시험을 봤다.

심지어 몇 년 후 동창회 때 만났을 때, 우리는 서로의 눈빛을 피했다. 히엔은 억지웃음을 지었다. 나는 급히 눈을 돌렸다. 스스로의 태도가 부끄러워 견딜 수 없었다. 나는 그날 밤의 소름 끼치는 동사들이 저절로 떠올랐다. 그리고 내가 알 수 있는 것은 그 동사들이 역시 히엔의 마음속에 현재 퍼부어지고 있다는 것이다.

여러분은 분명 이런 이야기를 믿기 어려울 수 있다. 하지만 우리의 모습은 사실이었다. 나는 나뿐만 아니라, 여러분도 마찬가지라고 생각한다. 가끔 여러분은 다른 사람이 마음에 담아두거나 슬퍼하지도 않을 이야기에 혼자 휘말려들 수 있다. 그러면 여러분은 깊고 오랜 감동을 받는다. 여러분은 잊을 수 없다. 마치 가슴에 깊이 새겨진 자해의 상처처럼 치유도 어렵다. 그것은 이유 없는 고통, 모호한 불행, 어디서부터 비롯된 것인지 모르는 상처로써 쓰고 맵고 가슴 아린 것이다. 치욕이고, 이유 없는 열등감이다. 모든 이의 인생에서 충분히 일어날 수 있는 것들인데, 누구도 이해할 수 없는 것들이기도 하다.

쟝

바오 닌 (Bảo Ninh)

바오 닌 Bảo Ninh | 소설가

바오 닌은 1952년 1월 18일 응에안에서 태어났다. 본명은 호앙 어우 프엉이다. 1969년부터 1975년까지 전쟁에 참여했다. 1987년에 첫 작품 『일곱 난장이 캠프』를 출간했다. 1991년에 『전쟁의 슬픔』으로 베트남 작가회 최고작품상을 받았다. 『전쟁의 슬픔』은 전세계 18개국에 번역 소개되었다. 『전쟁의 슬픔』으로 1995년 영국 『인디펜던트』 번역문학상, 1997년 덴마크 ALOA 외국문학상, 2011년 일본 『일본경제신문』 아시아문학상, 2016년 심훈 문학상, 2018년 광주 아시아문학페스티벌 아시아문학상을 수상했다.

그해 나는 열일곱 살로, 신병 5대대의 이등병 전사였다. 우리 대대는 바이나이에서 훈련을 했다. 당시는 석 달간 진행되는 훈련 과정의 막바지로, 사격 평가에서 대대원 중 가장 높은 점수를 기록한 나는 이틀간의 포상 휴가를 받았다. 대대장은 재량으로 금요일 밤 주간 보고를 면제해 주었다. "하루 저녁을 덤으로 얻었으니 더욱더 점호 시간에 딱 맞춰 돌아올 수 있도록." 그는 나에게 이렇게 협박하듯 말했다.

휴갓길에 6번 도로를 지나는 부대 차량을 얻어 탄 덕분에 부응 날아서 집에 도착했다. 복귀하는 길에는 버스 안을 비집고 들어가야 했다. 일요일 저녁 아홉 시 점호였지만 최대한 뭉그적거리다 정오가 되어 집을 박차고 나와 껌마터미널을 향해 내달려야 했다. 그 어렵던 시절 버스에 비집고 올라타는 것이 얼마나 힘든 일이었는지는 말할 필요도 없을 것이다. 게다가 설이 다가오고 있었다. 운이 좋기도 했고 되는대로 버스 지붕 위에 부대껴 앉은 덕에 어둑어둑 밤이 내릴 무렵 나는 르엉선읍에 내릴 수 있었다. 배가 많이 고팠고 추워서 오들오들 떨다가 비틀거려 미끄러져 넘어지는 바람에 슬리퍼 끈이 떨어져 나가고 온몸은 진흙투성이가 되었다. 대강 살짝 씻어내고 신발끈을 다시 꿰기 위해 나는 비틀대며 읍내 입구에 파놓은 우물까지 찾아갔다. 어떤 이 하나가 우물에서 물을 푸고 있었다. 비가 오고 있었지만 이슬처럼 아주 가늘었고 밤도 아직 깊지 않아서 꽤 먼 거리에서도 나는 소녀의 모습을 알아보았다. 내가 우물가에 다다랐을 때, 가인[23]의 함석 양동이 두 통에는 물이 가득 찼고 소녀는 바가지 끈을 감고 나서 가인 지렛대를 양쪽 고리에 끼워 맞췄다. 가인을 메기 전, 그녀는 물을 풀 때 벗어 우물 옆에 뒤집어 놓았던 논을 허리 굽혀 집어 다시 썼다. 번개 같이 빠른 열일곱 살 군인의 눈으로 곁눈질한 번에 나는 논 안쪽에 보라색 잉크로 써놓은 그녀의 이름을 바로 볼 수 있었다. 이름에 성, 가운데 이름, 그리고 그녀가 몇 반이었는지까지. 팜 녓 쟝. 10B반.

나에게는 관심을 두지 않은 채 그녀는 가인을 어깨에 멨다. 나는 서둘러 말을 걸었지만 태연한 척했다.

"저기, 쟝. 바가지 좀 빌려 줘."

---

23 얇게 쪼갠 기다란 나무의 양쪽 끝에 바구니를 달아 물건을 담은 후 한 쪽 어깨에 지고 운반하는 도구.

소녀는 가인을 내리고는 나를 바라보았다.

"안녕하세요? 군인 오라버니…" 그녀는 머뭇거리며 말했지만 아마도 아직 놀라지는 않은 것 같았다. "바가지 여기 있어요."

나는 진흙이 잔뜩 묻은 두 손바닥을 펼쳐 보였다.

"아이고, 너무 더럽네요." 소녀는 톤을 높이며 작게 말했다. "아니, 제가 해드릴게요."

"응. 그럼, 부탁할게 쟝. 안 그러면 전부 더러워지게 생겼어."

소녀는 물을 한 바가지, 두 바가지 퍼서 내가 두 손을 잘 씻을 수 있도록 천천히 부어 주었다.

내가 바가지를 받아들려고 하자 그녀가 말했다.

"이 바가지, 물을 푸기가 좀 힘들어요. 제가 도와드릴게요."

그녀는 우물 아래 깊고 깊은 어둠 속으로 빠르게 밧줄을 늘어뜨렸다가 민첩하고 부드럽게 바가지를 당겨 물을 퍼 올렸다. 하지만 그녀의 배려는 거기서 그치지 않았다. 바가지로 물을 퍼 올릴 때마다 그녀는 내가 스스로 씻도록 물을 부어주는 대신 몸을 구부린 채 한 손으로는 바가지를 기울여 물을 살살 부으면서 한 손으로는 내 발과 발가락, 종아리를 문질러 진흙을 닦아 주었다. 멍해진 나는 잠자코 서서 그 갑작스럽지만 순박한 배려심을 느꼈다. 아주 오랫동안 아무 말도 하지 않은 채 소녀는 조용히 나를 씻겨 주었고 나는 꼼짝 않고 있었다. 그녀는 내 샌들 두 짝까지 정성껏 닦아 주었다.

"말끔해졌네요." 어둠 속에서 소녀가 말했다.

"고마워, 녓 쟝!"

소녀는 이번에는 깜짝 놀랐다.

"어, 그러네. 어떻게 제 이름을 아세요?"

나는 웃으며 대답을 하지 않았다.

"아, 알겠어요. 찍은 거죠? 군인 오라버니들은 그게 전문이죠. 그냥, 란, 항, 리엔, 오아인 이렇게 부르기만 하면 늘 맞아떨어지잖아요, 그죠?"

"하지만 쟝, 심지어 녓 쟝이라는 이름은 분명 두 명은 없을 텐데 어떻게 넘겨짚을 수 있겠어."

"여기 근처에 주둔하고 있나 봐요."

"그다지 가깝지는 않아. 드엄촌이거든."

"얼마나 먼데요?"

"쟝은 여기 사람이 아니야?"

"네, 전 얼마 전에 하노이에서 왔어요." 쟝이 대답했다. 그리고 갑자기 그녀는 나에게 권유했다.

"제가 잠시 머물고 있는 집이 바로 저쪽에 있는데 잠깐 들러서 쉬었다 가세요."

나는 머뭇거렸다.

"아홉 시에 부대에서 점호를 하는데… 아직 십 키로 가까이 남았어."

"아직 이르네요. 아직 겨우 여섯 시 전인데요 뭐."

나는 쟝을 도와 가인을 들어주고 싶었지만 그녀는 받아들이지 않았다. 나는 그녀의 뒤를 따라 어두운 골목 깊숙이 들어갔다. 짚으로 지붕을 이고 흙으로 벽을 바른 작은 집에 쟝 혼자였다. 살림은 아무것도 없었다. 일인용 침대 하나, 대나무 침상 위에 미제 남포등 하나, 주전자와 찻잔 세트, 물담뱃대와 그릇이 있었다. 출입문 근처에는 불사조 자전거²⁴ 한 대가 세워져 있었다.

나는 엉덩이에 가까이에 메고 있던 야전 배낭을 열고 점심 때 어머니가 찔러 넣어 준 비스킷 봉지를 꺼내고 주전자에 담긴 생잎차를 그릇에 따랐다. 차와 함께 비스킷을 먹으려던 참이었다. 몸을 구부린 채 내 신발끈을 다시 꿰고 있던 쟝이 그 모습을 보고 말했다.

"아, 깜빡했네요. 밥이 있는데 말이죠. 제가 차려 드릴게요."

나는 거절했지만 쟝은 부엌에 가서 밥과 국을 데워 올 테니 기다렸다가 배부르고 속 따뜻하게 배불리 먹고 가라고 했다.

쟝을 기다리는 동안 나는 그녀의 침대에 제멋대로 널브러져 담배에 불을 붙이고는 눈을 반쯤 감은 채 연기를 내뿜었다. 갑자기 출입문이 열렸다. 풍채가 큰 남자 하나가 힘차게 걸어 들어왔다. 나는 깜짝 놀라서 벌떡 일어났다. 그는 짙은 녹색의 캐시미어 펠

---

24 당시 부의 상징이었던 중국제 자전거 상표.

트로 만든 정복에 꼬쓰긴[25] 가죽구두를 신고 옷깃에는 별 두 개, 작대기 두 개가 있는 계급장을 달고 있었다.

"자네는 누군가? 어디서 왔는데 여기 들어와 있어?" 근엄한 표정의 중령이 질문을 하면서 유심히 바라보았다.

나는 담배를 뒤꿈치로 비벼 껐다.

"신고합니다. 저는 …"

바로 그때, 뒷마당에 있던 쟝이 밥 쟁반을 들고 안으로 들어왔다.

"아버지 오셨어요?" 그녀가 서둘러 말했다. "아버지, 이쪽은 홍이에요. 10학년[26] 때 친구였어요. 이 근처 부대에 있대요. 아까 우연히 만났어요."

중령은 표정을 누그러뜨렸지만 목소리만큼은 여전히 근엄했다.

"이 근처 부대라고? 동지는 어느 부대 소속인가?"

"대장님께 신고합니다. 저는 91사단 C7 K5 소속입니다."

"그럼, 동지는 어디 가는 중인가? 왜 이 시간에 아직도 여기에서 이러고 있는 건가?"

"대장님께 신고합니다. 저는 휴가를 나왔다가 돌아가는 중입

---

25 소련이 북베트남에 원조해 준 가죽구두의 명칭. '꼬쓰긴'은 1964년부터 1980년까지 소련의 수상을 지낸 '알렉세이 니콜라예비치 코시긴'을 가리킨다.

26 당시 북베트남 각급 학교의 수업 연한은 초등학교 4년(1~4학년), 중학교 3년(5~7학년), 고등학교 3년(8~10학년)으로 총 10년이었다.

니다. 부대에서는 아홉 시에 점호를 합니다."

"그럼, 동지는 점호 시간에 딱 맞춰서 돌아갈 생각인가? 부대에 더 빨리 돌아가야 하지 않겠나?"

"저기, 아버지." 쟝이 불렀다. "밥 먼저 먹게 해주세요. 아버지도 저희랑 같이 드세요."

"아니다, 나는 안 먹어!" 나는 당황했다. "쟝아! 나는 여기서 그만 인사를 해야 한단다."

쟝의 아버지는 미소를 지으며 내 어깨를 살짝 치고는 말했다.

"여기서 드엄촌까지는 육 키로니까 아직 여유가 있어. 자네는 밥을 먹고 쟝이랑 이야기를 나누다 가게나. 학교 친구가 오랜만에 만났으니. 하지만 서둘러 가야 하네. 점호 전에 돌아가야 하니까, 알겠나!"

"그럼 이 친구 좀 도와주세요, 아버지!" 쟝이 조르며 말했다. "이 친구네 지휘관에게 전화 한 통 해주세요. 그 긴 시간 동안 함께 공부했으니 얼굴 맞대고 이야기하다 보면 한밤중이 되어도 안 끝날 거라고요."

"안 돼." 아버지는 웃으며 고개를 저었다. "친구끼리 이렇게 만난 건 참 귀한 일이지만 친구를 너무 오랫동안 끝도 없이 붙잡아두면 안 돼. 친구가 규율을 어기도록 하지 말거라."

그는 시계를 보았다.

"여섯 시 반이네." 그가 말했다. "너희들은 어서 밥을 먹거라.

오늘 밤에 아버지는 너랑 밥을 먹을 수가 없어. 부대에 가봐야 해. 밤늦게까지 회의에 참석해야 한단다. 집에 혼자 있으니 문단속 잘하고."

그는 출입문 쪽으로 걸어가서 자전거 손잡이를 잡더니 나를 바라보며 말했다.

"훙은 놀다 가거라. 돌아갈 시간을 잊지 말고."

"저기, 아버지, 자전거 가져가시게요?" 쟝이 외쳤다. "제가 이 친구를 부대까지 데려다 주려고 했는데요, 아버지! 아버지는 걸어가세요, 아셨죠? 아버지 부대는 바로 요 근처잖아요."

"아니야! 하지 마…" 나는 너무 무서웠다. "쟝, 그러지 마…"

중령님 웃으며 말했다.

"딸자식이 저렇다니까. 아버지보다 친구를 더 걱정해요. 하지만 찬성하마. 두 사람을 위해 자전거를 두고 가지. 걸어서 가게 했다가는 훙이 늦고 말 테니까. 다만 밤중에 언덕길을 갈 때 서로 조심해서 타야 한다. 넘어지니까 빨리 몰아서는 안 돼. 훙을 부대까지 데려다주고 혼자서 돌아올 때는 길을 잘 살피면서 페달을 천천히 밟아야 한다. 그렇다고 또 너무 여유를 부려서도 안 돼. 날씨가 이렇게나 추운데 말이야. 그리고 네가 한밤중에 돌아오면 아버지는 마음이 놓이지 않으니까."

그날 밤, 나는 쟝을 태우고서 바이나이 안으로 깊숙이 들어갔다. 산과 들은 칠흑 같이 어둡고 차가웠다. 언덕길은 적막했고 끊임없이 구부러지고 꺾였다. 북동 계절풍은 때로는 순풍으로 또 때로는 역풍으로 불어왔지만 나는 피곤함을 느끼지 못한 채 열심히 페달을 밟았다. 그때까지 나는 여자를 태워본 적이 없었다. 10학년이던 작년까지도 자유롭게 다니면서 마음껏 놀라고 부모님이 특별히 독일제 미파 자전거를 따로 사주었는데도 나는 친구 녀석들과 자전거를 타고 거리를 돌아다니는 게 전부였다. 이렇게 나에게 몸을 바짝 기댄 채 내 자전거 뒷자리에 탄 소녀는 지금껏 없었다. 이게 처음이었다. 불사조는 아주 무거우면서도 하나도 무겁지 않았다. 나는 다리에 힘을 모아 페달을 밟았고 길 위에 희미하게 찍힌 허연 자국에 바짝 붙어 따라가면서 경사를 오르락내리락, 우회전했다가 피해서도 가고 아주 빨리 달리다가 한 번씩 브레이크를 밟기도 했다. 쟝은 내 뒤에서 안정적이고 아주 평온하게 앉아 있었다. 가끔씩 우리는 이야기를 나누었지만 그저 쟝이 말을 했을 뿐이었다. 쟝은 쯔브엉고등학교 10학년을 올해 막 졸업하고서 지금은 종합대학교 학생이었다. 그녀의 집은 컴티엔시장 골목 안에 있었다. 방금 전 집은 딸을 불러 설을 함께 지내려고 그녀의 아버지가 읍에서 알고 지내는 사람으로부터 세를 얻은 것이었다. 그녀의 어머니는 작년에 돌아가셨고 오빠는 지난달에 막 B[27]로 떠났다.

---

27 베트남 전쟁 당시, 위도 17도선 이남의 '전장(전쟁 지역)'을 이르던 말. 북부의 후방은 'A(후방)'라고 불렸다.

"설에 우리 집에 놀러오세요. 원숭이가 기침하고 황새가 우는 이런 적막한 읍에서 부녀 단 둘이 집에 있으려니 너무너무 쓸쓸하다고요. 아버지한테 부대로 가서 오라버니를 데려오라고 할게요. 그러고 나서 우리 아버지한테 허락받고 몰래 하노이에 며칠 갔다 와요. 아버지는 제 말을 잘 들어주시니까 허락해 주실 거예요. 아버지가 허락하면 분명히 오라버니 부대장도 동의해 줄 거고요."

우리 부대가 주둔하고 있던 드엄촌으로 이어지는 오솔길 초입인 긍언덕 발치에서 우리는 헤어졌다.

"아니면 설에 제가 여기로 올까요?"

쟝이 물었다. 그리고 왜인지는 모르겠으나 길게 한숨을 쉬었다.

나는 언덕 가장자리에서 한참을 서있었다. 비록 연말 밤에 두껍게 내려앉은 검은 장막 속에서 아무것도 보이지 않았지만 나는 계속해서 쟝을 바라보았다. 헤어지면서 나는 아무것도 말하지 못했고, 어떤 말도 표현할 기회를 잡지 못했다. 쟝의 주소마저도 분명히 묻지 못했다. 그저 컴티엔, 시장 골목이라는 것밖에는 알지 못했다.

이틀 후, 섣달 27일 밤에 우리 대대는 닻을 올리고 바이나이를 떠났다. 트엉띤을 지나 행군한 뒤 바로 기차에 올랐고, B전장 중에서도 남부의 동쪽과 서쪽을 모두 아우르는 지역의 군인에게 주어지는 통상적인 15일 간의 휴가는 없었다. 때는 대대적으로 전투력을 증강하던 시기였다. 한 사단 전체가 동시에 출발하여 서둘러 진군하면서 쯔엉선 수천 킬로미터를 넘어 남으로 들어갔다. 서부 고원지대에 도착하자마자 바로 작전에 투입되었다. 사단의 부대들은 부대명은 바꾸었지만 북에서 출발할 때의 대형을 그대로 유지하고 있었다. 우리 대대가 전투의 서막을 올리고 중대는 핵심 공격을 맡았다. 발포를 하기 전, 사단장이 직접 내려와 우리의 전투 준비 상황을 점검했다. 꽤 많은 수의 수행병을 비롯한 정찰병들을 '달고' 내려온 그는 다른 사람들처럼 AK 자동소총, 샌들, 철모, 중국 소주 스타일의 군복 등 각종 장비들을 단단히 장착했지만 어두컴컴한 숲의 그림자 속에서도 나는 그를 바로 알아보았다. 그는 바로 쟝의 '아빠'였다!

나는 슬쩍 빠져나오려고 했지만 그가 즉시 나를 발견했다. "거기, 홍, 홍이지?" 그의 목소리에서 놀람과 기쁨이 묻어났다. 그는 허물없이 내 손을 꼭 붙잡고는 참지 못하고 감격해서 나를 끌어안았다. "쟝이 늘 자네 이야기를 했네, 홍. 우리가 길을 떠나기 전에 자네를 만나지 못해서 그 애가 줄곧 우울해했어." 그는 말했다. "지금 쟝은 거기서 혼자 지내고 있다네."

발포 시각 전의 만남은 당연히 빠르게 휙 지나갈 뿐, 그저 그렇게 몇 마디만을 나눌 수 있을 뿐이었다. 나는 아무것도 말할 수 없었다. 그저 중얼거릴 뿐이었다. 그의 딸이 급하게 둘러댄 홍이라는 이름마저도 나는 바로잡지 못했다.

한시가 급해 우물쭈물하고 있을 수 없었지만 떠나기 전에 사단장은 문득 무언가를 기억해 내고서는 허겁지겁 나에게 말했다. "쟝이 자네에게 사진을 보냈는데 아뿔싸, 지금 안 가지고 왔네. 다음번에 가져다줄게, 알았지 흥…"

그 '다음번'은 없었다. 나에게는 사단장을 다시 만나게 될 기회가 남아있지 않았다. 내가 사단의 정찰병으로 진급되었던 다음 건기까지도 내내 전혀 그를 다시 만날 수가 없었다. 사단장은 우리 사단이 전투에 임하던 첫해의 건기 막바지에 전사했다.

전쟁, 군인의 삶, 젊음, 모든 것이 그러했다. 빠르게 스쳐 지나가는, 그저 그럴 뿐이었다. 빠르게 스쳐 지나간다 해도 완전히 사라지지는 않았다. 그저 그럴 뿐이었지만 그 후에는 줄곧 기억에서 지워지지 않았다. 아픔이 되었다. 남모르는 상실의 아픔 말이다.

분명 녓 쟝은 삼십 년도 훨씬 전에 만난 무명의 어린 병사였던 나를 아직까지도 기억할 것이다. 나는 결코 그녀를 잊은 적이 없다. 비록 실제로는 삶의 나날들이 끊임없이 겹치고 쌓여 희미해져 마치 사실이 아닌 것만 같은 단 한 번의 그런 우연, 분명하지는 않지만 뇌리를 맴돌며 희미한 아쉬움으로 남은 단 한 번의 만남 이외에 그 무엇도 아니었지만.

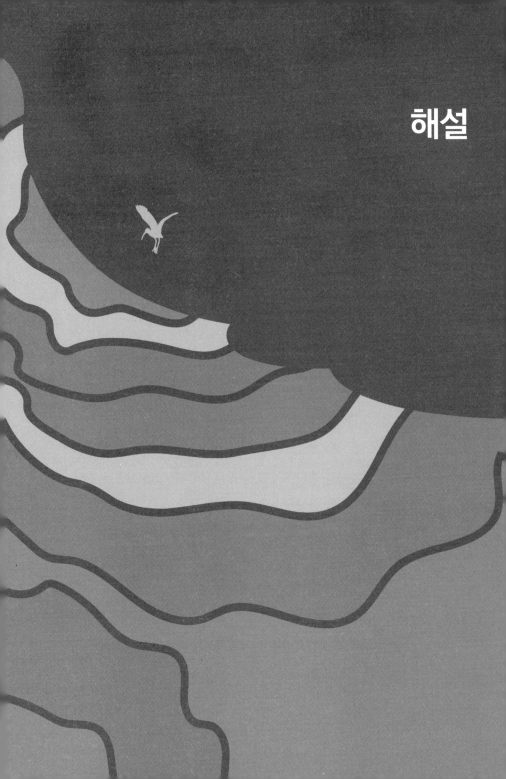

해설

베트남에 대한 더 깊은 이해를 위하여

김남일(소설가)

베트남 통일(1975) 이후 한동안 교류가 단절되었던 베트남과 한국이 다시 관계를 정상화한 것은 1992년의 일이었다. 그로부터 근 30년 세월이 흐르는 동안 두 나라는 매우 밀접한 관계를 이어 왔다. 우리 쪽에서 보자면 베트남은 특히 경제와 문화 방면에서 가장 중요한 파트너 중 하나로 자리 잡은 지 오래이며, 비록 실패로 끝났다고는 하지만 2019년 하노이 북미회담을 통해서도 드러났듯이 정치적인 측면에서도 결코 무시할 수 없는 비중을 지닌다. 물론 대부분의 한국인들은 베트남에서 엄청난 인기를 얻고 있다는 한류 소식에 훨씬 더 귀를 열어 두고 있는데, 이른바 '박항서 열풍'은 그 한 절정을 상징했다. 이를 반영하듯 베트남에서 한국어과를 개설한 대학을 꼽으려면 열 손가락으로도 모자라며, 수천 명에 이르는 학생들의 입시 성적도 최상위를 차지한다. 나아가 베트남의 교육 과정에서 한국어를 제1외국어로 지정한다는 이야기마저 들려온다. 한국의 대학에서도 베트남 유학생의 비율은 중국을 넘어서서 이제 압도적인 1위를 기록하고 있다. 2015년경부터는 한국인의 국제결혼 상대에서 베트남 여성이 차지하는 비중 역시 중국을 뛰어넘어 제1위를 차지하고 있다. 2019년의 경우 전체의 37%인 6,712명이 베트남 국적이었다. 그러나 두 나라 관계가 이렇듯 놀라운 성장과 열광을 보이는 이면에 어두운 그늘 또한 드리워져 있음을 무시해서는 안 된다. 코로나 사태 초기에 벌어졌던 두 나라 네티즌 간의 설전도 그 단적인 사례일 것이다. 베트남 정부가 취한 방역 조치를 두고 한국의 상당수 네티즌들은 베트남이 한국을 무시했다며 핏대를 올렸고, 그런 반응에 대해 베트남인들은 민족적 자존심을 들먹이며 격하게 항의했다. 적어도 온라인상에서는 30년간 쌓아온 '우정'이고 뭐고 한순간에 훅 날아갈 수 있겠구나 싶을 정도로 자못 반목이 심각했다. 그만큼 양국 간에 존재하는 문화와 관습의 차이를 여과 없이 드러낸 사건이었다.

한 사람의 작가로서, 그리고 1995년 처음 베트남에 다녀와 〈베트남을 이해하려는 젊은 작가들의 모임〉을 꾸렸고 이후 꽤 오래 나름대로 활동해 온 나로서는, 두 나라가 서로를 좀 더 잘 이해하기 위해서는 무엇보다 문학적 교류를 한층 강화할 필요가 있다고 생각한다. 문학이야말로 서로 다른 문화들을 이어주는 가장 훌륭한 오작교이기 때문이다.

정유재란 때 일본에 끌려간 조선의 선비 조완벽은 곧 무역선을 타게 된다. 당대 동아시아 공동의 문어(文語)였던 한문에 능통했기 때문이다. 그가 처음 안남(베트남) 땅에 발을 디딘 것은 1604년의 일이었다. 그때 그는 그곳 선비들과 만날 기회가 있었는데, 그들 사이에서 지봉 이수광의 명성이 높다는 말을 들었다. 누구나 그의 시를 줄줄 욀 정도였다. 이는 조선과 안남 두 나라의 사신들이 중국 연경(북경)에서 여러 차례 만났던 교류의 결과였다. 특히 1597년 이수광과 풍극관(풍 각 코안)의 만남이 인상적인데, 연행 사절이기 전에 두 나라를 대표하는 문인으로서 두 선비는 시문을 주고받으며 우정도 함께 나누었다. 이수광이 "해외에서 귀한 손님 서로 만나 보았고/ 인간 세상에 못 보던 글 얻어 보게 되었다"고 말하자, 상대는 곧 "산과 바다의 강역은 피차가 다르지만/ 성현의 경전이야 연원은 한 가지"라며 진리를 함께 궁구하는 우정의 소중함을 피력한다.[1]

하지만 오늘 두 나라 독자들이 함께 나눌 우정의 글은 생각만큼 많지 않다. 한국의 경우, 베트남 전쟁 당시인 1969년 카이 홍의 장편소설 『반청춘』이 처음 번역된 이래 이제까지 응웬 반 봉의 『사이공의 흰 옷』(『하얀 아오자이』), 바오 닌의 『전쟁의 슬픔』, 반 레의 『그대 아직 살아 있다면』, 호 안 타이의 『섬 위의 여자』, 응웬

---

1 김석희, 「한월 창화시의 양상과 그 특질」, 『한국과 베트남 사신』, 북경에서 만나다, 소명출판, 2013.

옥 뜨의 『끝없는 벌판』, 호앙 밍 뜨엉의 『시인, 강을 건너다』 등 고작 몇 편의 장편소설과 몇 십편의 단편소설이 여기저기 지면에 뜨문뜨문 번역·소개되었을 뿐이다. 이를 통해서 우리는 위에 언급한 작가들은 물론이고 남 까오, 응웬 꽁 호안, 또 호아이, 레 민 퀘, 자 응언, 응웬 후이 티엡 등 베트남의 근현대문학사를 빛낸 작가들의 이름도 몇 명 더 기억할 수 있게 되었다. 시집의 경우는 언뜻 호치민의 『옥중시집』과 휴 틴의 『겨울 편지』가 기억날 뿐, 접할 수 있는 기회조차 극히 드문 게 현실이다. 그나마 베트남 중세문학의 경우에는 사정이 조금 나아 한문을 통해서라도 중요한 작품들이 꾸준히 번역되고 있다. 그리하여 이제는 베트남 신화와 전설을 집대성한 『영남척괴열전』과 『전기만록』을 비롯하여 우리의 춘향전 격에 해당하는 『취교전』(쭈엔 끼에우)과 베트남 중세문학을 대표하는 시인 응웬 짜이(완채)의 『평오대고』 따위도 우리말로 접할 수 있게 되었다. 이는 근자에 우리 학자가 직접 쓴 최초의 베트남문학사가 선을 보인 사실과 더불어 꽤 다행스러운 일이라고 아니 할 수 없겠다.

하지만 베트남 근현대문학에 관한 한 그 소개 작업은 여전히 지지부진하다. 우리나라에서도 해마다 베트남어과를 졸업하는 학생 수가 적지 않을 텐데 그들 중 과연 얼마나 이런 데 꾸준히 관심을 기울이게 될지, 베트남어 이해 능력이 부족해 그저 지켜보기만 하는 입장에서는 조금 초조한 것도 사실이다. 거듭 말하지만, 한 나라의 문화를 이해하는 데 있어 문학의 중요성은 아무리 강조해도 지나치지 않을 것이다. 그리고 마냥 한류만 바라보고 있을 수도 없다. 함께 시소를 탄 상대방을 존중해야 한다. 우리로서도 월류(越流)가 불가능하다고 지레 단정 지을 이유는 없다. 이런 점에서 베트남의 현대문학을 대표하는 중견작가들의 단편들을 엮어낸 이 작품집의 발간은 가뭄 끝 단비처럼 베트남문학에 대한 우리의 갈증을 달래줄 것이다.

이 작품집에 수록된 소설들을 읽다 보면 베트남인들의 정서가 우리와 매우 비슷하다는 점을 쉽게 발견할 수 있다. 예컨대 이승과 저승의 개념이 그렇고, 억울하게 죽은 망자의 넋을 불러내기 위해 초혼제를 지내는 풍습 따위가 우리의 전통과 크게 다를 바 없다. 이런 점은 사회주의 국가에 종교의 자유가 없다고 배워온 우리로서는 조금 당혹스러운 측면일 수도 있다. 하지만 오늘날 베트남에는 조상숭배 전통과 샤머니즘이 민간에 널리 퍼져 있는 것은 물론이고, 불교와 개신교, 천주교, 심지어 여러 종교를 혼합한 까오다이교까지 일정한 세력을 유지하고 있다.

응웬 빈 프엉의 「니에우 남매, 이쪽 꾸인 저쪽 꾸인, 그리고 삼색 고양이」는 베트남인들의 일상에서 여전히 왕성한 샤머니즘의 전통을 확인시켜 준다. 사랑하던 뚜언이 교통사고로 유명을 달리

---

2 최귀묵, 『베트남 문학의 이해』, 창비, 2010.

한 직후 꾸인은 상실의 고통 속을 헤매다가 기어이 무당을 찾는다. 초혼제를 하기 위해서였다. 그런데 초혼에 필요한 망자의 생년월일을 알지 못해 엉겁결에 자기 것을 댄다. 그러자 무당이 불러낸 것은 '저쪽 꾸인'이었다. 그 '저쪽 꾸인'은 뚜언이 너무 그리워 그를 찾아간다는 말을 남기고 사라진다. 그 순간 무당과 '이쪽 꾸인'이 거의 동시에 쓰러진다. 나중에 공안(경찰)이 조사했지만 그들이 급서한 이유를 찾아낼 수는 없었다. 이 반의 「그럴 수도 아닐 수도」의 주제는 여성의 자아 혹은 주체성 찾기라고 해야 할 것이다. 배경에는 베트남 가정에 깊게 뿌리내린 가부장적 전통이 자리 잡고 있다. 그 전통은 며느리가 일 년에 열 번 가까운 제사를 감당해야 하는 현실로 이어진다.

시동생이 갑자기 자살했다. 망자의 형수는 경악한다. 시동생이 자살한 사실 자체도 그렇지만, 하필이면 형의 집에 와서 목을 맸다는 사실 또한 쉽게 받아들이기 어려웠다. 그렇지만 결국 그녀는 출장 중이던 남편을 대신해 모든 뒷감당을 해야 했다. 나중에 시아버지마저 돌아가시자 그녀는 이제 한 해에 무려 열한 번의 제사를 지내게 된다. 물론 소설의 주인공은 더 이상 관습을 그대로 받아들이지는 않는다. 외국으로 유학 간 딸에게 갔다가 아예 그곳에 자리 잡고 살겠다고 결심한 거였다. 무엇보다 거기서는 너무 마음이 편하기 때문이라는데, 교회도 다닌다고 했다. 그녀의 요구는 간단했다. 하지 않아도 되는 선택을 강요받는, 그러니까 오직 하나의 선택만 따라가야 하는 삶을 더는 살지 않겠다는 것이었다.

그녀의 그런 결심에 시동생의 죽음이 결정적인 계기로 작용했다. 시동생의 목을 맨 끈을 제 손으로 끊어낸 이후 그녀는 자기에게도 같은 운명이 닥칠까 죽음의 공포에 시달렸다. 그래서 액운을 쫓기 위해 무당을 찾아가 시키는 대로 했다. 물론 그녀는 의사로서 합리적인 사고의 소유자였다. 하지만 스스로 무당의 처방을 믿느냐고 물었을 때, 그녀는 믿는다 혹은 못 믿는다, 분명하게 대답할 수 없었다. 믿을 수도 믿지 못할 수도 있었다. 따지고 보니 인생이 그런 거였다. 이럴 수도 아닐 수도 있었다. 모든 선택의 기로에서 우리가 따르는 게 반드시 필연적이지 아닐 수 있었다. 그러나 그녀는 그동안 그런 점을 생각할 처지가 아니었다. 그것이 가부장제의 굴레이든 무엇이든 그녀는 '다른 길'이 가능하다는 생각 자체를 하지 못했던 것이다.

이 반의 소설은 완강한 전통 혹은 과거와 결별하는 새로운 움직임을 실감나게 재현하는데, 그 과정에서 특히 여성의 주체적인 서사에 주목한다. 이 반은 베트남의 페미니즘 문학을 선두에서 이끌어온 작가로 정평이 나 있다.

이와 별개로, 벌써 몇 십 년 전에 끝난 전쟁이 베트남인들의 삶에 여전히 깊은 상흔을 남기고 있는 것도 사실이다.

보 티 수언 하는 1972년 6월에서 9월 사이 무려 천 명의 병사가 전사한 꽝찌 고성 전투를 소환한다. 전사자의 대부분은 18세에서 20세 사이의 어린 군인들이었다. 소설은 그 전투에 참가했다가 시신도 찾지 못한 시아주버니 넘의 영혼과 끝없이 교감하는 화자의 의식/무의식을 좇아가는 데 많은 부분을 할애한다.

투이 즈엉의 소설에서 30년 전의 전쟁은 더욱 직접적인 꼴로 현실에 간섭한다.

전쟁 당시 운전병이던 투언은 한밤중 마을길에서 사고를 냈다. 술래잡기를 하다가 깜빡 잠이 든 여자아이 응옥을 치고 말았던 것이다. 부대에서 조사를 진행하는 동안 투언은 넋이 나갈 수밖에 없었다. 응옥의 엄마는 일이 이왕 벌어진 이상 투언이 전장에서 공을 세워 아이의 넋을 달래주기만을 바랐다. 그 사건과 함께, 1971년에 빈린에서 겪은 또 다른 참사 역시 그의 인생을 내도록 옭아맨다. 당시 미군의 폭격을 피해 어느 선착장으로 달아났는데, 거기서 청년돌격대 아가씨 아홉 명의 시신과 마주쳤던 것이다. 투언은 갈가리 찢긴, 그렇지만 여전히 하얗고 부드러운 아가씨들의 몸 조각들을 제 손으로 일일이 날라 옮기면서 기도했다. 앞으로 살아서 아내에게 돌아간다면 아가씨들이 이승에서 돌아올 곳이 있도록 전부 딸만 낳게 해달라고. 그래서인지 투언은 무사히 살아서 돌아왔고 딸도 셋을 낳았다. 하지만 투언은 자신이 이제 딸들이 살아가는 시대하고 전혀 어울리지 않다는 사실을 인정해야 했다. 큰딸은 멀쩡한 남편을 내버려두고 손녀와 함께 '무작정' 친정으로 돌아왔고, 둘째는 아예 미국인, 그것도 참전군인의 아들과 결혼을 하겠노라 나섰다. 소설은 마지막 장면에서 두 참전군인의 자식들이 어떻게 아버지 세대의 화해를 이끌어내는지를 보여준다.

이와 비교해서 따 쥬이 아인의 「그 옛날 마을에서 가장 예뻤던 그녀」는 전쟁이 할퀴고 간 사랑의 상처에 더 큰 방점을 두고 있다. 소설은 훈련소가 있던 꽝찌의 한 마을을 배경으로 전개되는데, 그 시절 마을에서는 뚝 누나가 제일 예뻤다. 마을에 온 모든 여덟 살짜리 청년들은 뚝 누나의 아름다운 모습을 가슴에 품은 채 전선으로 떠났다. 그때마다 뚝 누나는 슬피 울었다. 전선에 나간 군인들은 뚝 누나에게 편지를 보내왔다. 급히 쓴 필체가 총알이 우박처럼 퍼붓는 전선의 상황을 고스란히 전달했다. 어느 날 누나는 편지 한 장을 가지고 우리 엄마를 찾아왔다. 화자인 나는 자는 척하면서 둘의 대화를 들었다. 편지는 그 마을을 거쳐 간 어느 지휘관이 보낸 거였다. 그는 이렇게 썼다.

지금 막 달이 떴어. 마치 전쟁이 완전히 물러가고 메아리처럼만 남아있는 듯 모든 것이 평안한 느낌이 들다니 진짜 신기하네. 그리고 나는 기다려. 내가 무엇을 기다리는지 아니? 나는 말이야… 네가 달무리로부터 걸어 나오기를 기다리고 있어. 너는 상처들을 감싸주고 지표면을 식혀 줄 거야. 왜냐하면 너는 나와 같은 전장의 군인들에게 복을 주는 신이니까…

그런데 사실 뚝 누나는 그가 떠나던 날 밤 한번만 손이라도 잡게 해달라는 요청을 거절했기 때문에 그 일이 두고두고 마음에 걸릴 수밖에 없었다. 안타깝게도 지휘관의 편지는 그게 마지막이었다.

바오 닌의 「쟝」 또한 이룰 수 없던 사랑의 아련함을 그려낸다. 전선으로 떠나기 전 우연히 만난 동갑내기 여자애와의 애틋한 인연을 소재로 삼았다. 이 짧은 소설에서도 바오 닌은 이제 우리에게도 널리 알려진 걸작 『전쟁의 슬픔』(1991)의 작가답게 "정의가 승리했고, 인간애가 승리했다. 그러나 악과 죽음과 비인간적인 폭력도 승리"하는, 결국 승자든 패자든 방관자든 모든 인간이 패배할 수밖에 없는 전쟁의 아이러니한 실체를 그 특유의 간결하고 담담한 필치에 담아낸다.

- 그 '다음번'은 없었다. 나에게는 사단장을 다시 만나게 될 기회가 남아있지 않았다. 사단의 정찰병으로 진급되었던 다음 건기 때까지도 나는 내내 전혀 그를 다시 만날 수가 없었다. 사단장은 우리 사단이 전투에 임하던 첫해의 건기 막바지에 전사했다.

전쟁, 군인의 삶, 젊음, 모든 것이 그러했다. 빠르게 스쳐지나가는, 그저 그럴 뿐이었다. 빠르게 스쳐지나간다 해도 완전히 사라지지는 않았다. 그저 그럴 뿐이었지만 그 후에는 줄곧 기억에서 지워지지 않았다. 아픔이 되었다. 남모르는 상실의 아픔 말이다.

코로나로 잠시 주춤했겠지만, 베트남의 하늘엔 오늘도 흰 구름과 함께 수많은 비행기들이 날고 있을 것이다. 그리고 그 어느 비행기에선가는 눈 아래 펼쳐지는 밀림과 들과 강을 내려다보다가 문득 지난 전쟁의 아픈 기억 한 토막을 떠올리는 이가 혹시 있을지 모르겠다. 드물게 어쩌다간, 바오 닌의 또 다른 작품 「여전히 날아가는 흰 구름」 속 할머니처럼, 아예 아들의 영정까지 챙겨서 죽기 전에 마지막 제사를 지내주려는, 그래서 향까지 꺼내드는 '황당한' 할머니마저 있을지도 모른다, 아직은.

베트남의 작가들은 자꾸 쓸 것이고, 우리는 자꾸 읽어야 한다. 작가와 독자 사이에서 드러나지 않게 애쓰는 번역자들에게도 두루 격려의 박수를 건네자.

그럴 수도 아닐 수도

2020년 12월 28일 초판 1쇄 펴냄

지은이 응웬 빈 프엉, 보 티 쑤언 하, 투이 즈엉, 이 반, 따 쥬이 아인, 바오 닌
옮긴이 하재홍, 김주영 | **펴낸이** 김재범
편집 정경미 | **관리** 홍희표, 박수연 | **디자인** 다랑어스토리
인쇄 굿에그커뮤니케이션 | **종이** 한솔PNS
펴낸곳 (주)아시아 | **출판등록** 2006년 1월 27일 | **등록번호** 제406-2006-000004호
전화 02-821-5055 | **팩스** 02-821-5057 | **이메일** bookasia@hanmail.net
주소 서울시 동작구 서달로 161-1 3층(흑석동 100-16)

ISBN 979-11-5662-523-0 (04800)
　·　978-89-94006-46-8 (세트)

이 책은 한국문화예술위원회의 2020년도 문예진흥기금을 지원받아 발간되었습니다.